おばさんは今日も行く

こんなの書いちゃいました—

藤田祥子

浪速社

まえがき

「ＴＯＫＹＯ」「ト・キョウ」独特のイントネーションで発せられたこの地名を聞いた瞬間、わーっと湧き上がる歓声。

平成二十五年の「音」にも選ばれた、二〇二〇年東京でのオリンピック開催を発表したあの場面である。二〇二〇年の近未来のオリンピック開催は、同時に多くの人に、昭和三十九年の東京オリンピックの記憶を呼び起こしたのではないかと思う。

私はその時、十歳であった。小学校にカラーテレビがやってきて、入場行進の映像は学校の体育館で観た。日本中の目が、オリンピックにくぎ付けとなり、明るい日本の未来を夢見ていた。

それから五十年が経ち、日本社会はさまざまの経済の浮沈を経験し、少子高齢という未経験の社会に突入し、さらに百年に一度ともいわれる災害にも見舞われた。最近になって、アベノミクスや三本の矢政策で株価が上昇し始め、閉塞感漂っていた社会に、明るい兆しが見えてきた。しかし一方、特定秘密保護法や集団的自衛権の肯定など、世情はきな臭い。

安倍晋三首相と私は、生年月日が昭和二十九年九月二十一日で同じである。安倍首相も還暦を迎える。人間、還暦となると、何かしらの想いに捉われる。私も然りである。自分の生きてきたこの六十年を、エッセイという手法でふり返ってみたいという想いをもったのである。
よろしければ、ご一緒に、思い出の海に漕ぎ出してください。

藤田　祥子

おばさんは今日も行く

目次

ふる里は、遠くにありて

ふる里は、遠くにありて

小学生の夏休み、列車に乗って帰省した鳥取県には、両親それぞれの里があった。父の里は日野郡日野町という日野川の清流に抱かれた小さな町で、現在の人口が三千五百人位であるので、当時、昭和三十年代でも五〜六千人程度ではなかっただろうか。

道行くの人のほとんどが知り合いで、夕方になると「おばんです」という挨拶が、優しい雰囲気を醸し出していた。祖母が健在で、伯母さん家族が同居していた。私はそこに居候する訳である。

祖母の家は、新聞の配達所をしており、夕方になると、新聞に入れるチラシや折り込みを持って、お店や業者の人がやってくる。大きさに合わせて、二つ折りにしたり、四つ折りにしたりする作業があるのだが、その手伝いが私の居候の対価であった。

晩ご飯が終わると、家族総出で、チラシ折りにかかる。早く、綺麗に折ってい

父のふる里は、「オシドリの住むまち」（松本利秋氏撮影）

く方法は、この時の手伝いから学んだ。今なら機械で折りたたんで新聞に入れていくが、当時は手作業であった。いかに早く丁寧にするか、毎夜毎夜、従兄たちとの競争であった。

朝の新聞配達が終わると、朝ご飯になる。祖母宅の食卓には年中、「あごちくわ」や高野豆腐、しいたけ、こんにゃくの煮物が大皿に常備されていた。それから必ずお漬物。

ご近所の方が来られると、「まぁ、一服してつかぁさい」と、お茶と一緒に食卓の煮物が出される。お茶と菓子ならぬ、お茶と煮物と漬物なのである。

この地方では違和感はなかった。

朝ご飯を済ませると、夏休みの宿題に取りかかるのであるが、朝が早かったせいか、ほとんど居眠りしながら夏休みドリルに向かった。

そのうちに近所の同年代の子どもたちが、川遊びに誘いに来てくれる。

当時、私は、夏休みに大阪という大都会からやってくるマドンナとして、絶大な人気があった（はずだ）。遊ぶ相手に困ったことがない。水泳も釣りも山歩きも、ここでみんな覚えた。

お腹がすくと、近くのひばり食堂（五十年後の今も続いている）で、ラーメンやおでんを食べたりする（小学生が、である）。

お金を支払った記憶がないのが今もって不思議だ。きっと月末にまとめて祖母が払ったと思うが……。当時一緒に遊びまわったみんなが、今や役場の部長や課長に出世されている。

夏休みの半分が過ぎるころになると、今度は、母の里に移動する。

母の里は、米子市というその近郊随一の都会であり、鳥取県の商業の中心地と言われていた。

鳥取県の県庁所在地は鳥取市であるが、鳥取市は県東部に位置し、米子市は県西部に位置していて松江や出雲の島根文化圏に入る。鉄道や高速道の整備状況も、県西部の方が早かったように思う。政治的力学があったのかもしれない。

米子市は、県西部の一大商業都市として、皆生温泉を含めて、とても栄えていたと思う。早くに高島屋百貨店ができたことからもうなづける。

ここに移動して、夏休みの後半を過すことになるのだが、祖父母が健在であった。日本海が近いものの、この海は水泳には危なくて、近所に同年代の子どもが少なかったので、遊びよりも、祖父母の農作業の手伝いに精をだすことになる。

祖母は明け方の四時くらいには起きだし、畑に出て、ねぎ、キュウリ、なす、トマト、スイカの水やりや収穫をする。

大量のねぎは、近所にあった「わりごそば」で有名な蕎麦屋に卸していたので、自転車の荷台に積んで蕎麦屋に届ける。これは祖父の仕事。

私は、キュウリやなすを木の台の上に並べ、値札を作って、家の前に置いておく。今でいう産直ショップである。

そして私の手伝いの中心は、鶏のえさ作りであった。

祖父母宅では鶏を飼っていて、生みたて卵の販売もしていた。鶏舎などという大掛かりなものではなく、家の庭に放し飼いにした鶏が何羽もいて、毎朝、何個か卵を生むという程度であったが、かなりの鶏が放し飼いにされていたように思う。そのえさ作りをするのである。

祖母が畑から採ってきた青菜を細かくきざみ、貝殻を木槌で砕いたものとおからを混ぜて、鶏に与える。

翌朝に、何個かの生みたて卵を見つけると、さも自分のえさのおかげだと言わんばかりに嬉しくなったものである。

当時、卵は貴重品であった。採れたての卵は、まるで宝石のように、もみがらの敷かれたガラスボックスに入れて店頭に並べられる。

ご近所のおばさんが、籠を持って、一つ、二つと買いに来る。家族の人数分は、買わなかったと思う。

当時の価格はよく覚えていないが、二十円から三十円くらいはしたのではないだろうか。物価を考えると、かなり高価な商品であったのは間違いない。

ある時、病気お見舞いに卵を持って行きたいので、箱に詰めて欲しいという依頼があった。空いた菓子箱にもみがらを敷いて卵十個を割れないように入れ、丁寧に包んだことがある。皆生温泉の近くに結核療養所があり、そこにお見舞いに行くとのことであった。
見舞い品として卵が重宝された時代だったのである。

今は、都市近郊に大規模な鶏舎が造られ、まるで工業製品のように生み出される時代になって、卵は貴重品から、安価で安定供給できる「物価の優等生」に変化した。

卵の価格は季節変動があるものの（生産量が増える三～四月や需要が低くなる六～七月に安価になり、生産量が減る二月と需要が増える九月、十一～十二月に高騰するというパターン）、この「物価の優等生」は、家庭では冷蔵庫の常備品であり、使える食材のナンバーワンである。

安定供給は、家計にとっては有り難いが、鳥インフルエンザの受難や効率的鶏舎による鶏の

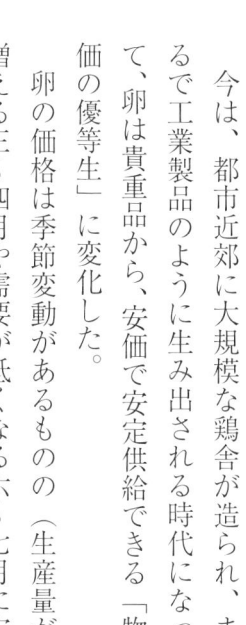

ストレスなど、卵を巡る社会環境の変化は、鶏にとっては不幸なことである。

最近、頂きものの卵があった。なんでも二十個で三千円近いお品らしい。普段、わが家で購入する卵の六〜七倍の価格である。

豪華な木箱の中には、「鶏が自由に走り回れる平飼いで、国内産の飼料にこだわり、栄養価が高く、濃厚な美味しさ」、と記した紙が入っていた。ふーん、鶏舎で飼育される鶏に対して、「平飼い」って言うのか。「私が夏休みにえさを作ってあげたあの鶏は、平飼い鶏だったなあ」と、当時を懐かしく思い出した。

しかしこの卵、高いなあ、自分では絶対に買わないな。こう思う私は、今となっては平飼い鶏の「敵」である。

平飼いの　鶏追いかけ　夏終わる

列車は行くよ、どこまでも

列車は行くよ、どこまでも

平成二十五年十月十五日に運行を開始したJR九州のクルーズトレイン「ななつ星」が好調に走り続けているらしい。

その人気に、JR東日本も平成二十九年春に、全室スイートルームの豪華寝台列車を運行するそうだ。金色の寝台に、メゾネットタイプの車両とは、走る金閣寺か中尊寺金色堂か。ぜひ一度は乗りたいものである。

その一方、大阪~札幌間を走る寝台特急「トワイライトエキスプレス」が、車両の老朽化を理由に、平成二十七年春に廃止されることが発表された。

発表後、その勇姿を見たいという人々でプラットホームは、あふれんばかりの人とカメラの列が続いているらしい。

新宿発「八時ちょうどの」発車時刻が歌詞に謳われた「あずさ二号」といい、遠距離恋愛の切ない別れを題材にした「シンデレラエキスプレス」といい、列車は懐かしい思い出に彩られている。

列車の思い出というと、忘れられない出来事がある。

あれは、私が小学校高学年か中学生の夏休みであったと思う。運動部に入っていなかった私は、夏休みになると、両親の郷里である鳥取県に帰省するのが楽しみで、夏休みの大半を祖父母や親戚が大勢いる鳥取県で過していたのである。

小学校の低学年の時には、さすがに私だけで帰省させるのは不安という事で、親のどちらかが付き添ってくれて、送り届けたら、「ほんじゃな」という感じで大阪に帰って行き、私だけが郷里の夏を満喫していた。

小学校も高学年になると、大阪駅までは親が見送りに来てくれるが、弁当とお茶を渡されると、汽車に乗り込むのは私だけとなった。

周りの席の人に、「子どもの一人旅ですからよろしく」と、親が頭を下げ、「はいはい承りました」と、周囲の大人が挨拶しあって、「じゃー元気でな」と、窓から手を振って、列車は出るのである。古き良き時代であった。

車中では、ゆで卵や冷凍ミカンのお裾わけがあり、返すべきものを持たされなかった自分を恥ずかしがり、親を恨んだものである。

しかしあの赤い網に入ったゆで卵と冷凍ミカン、当時の駅の売店では必ず見かけたものであったが、最近はどうなっているのだろうか。今度一度確認しておこう。

のんびりした帰省列車の中では、おじさんはシャツやズボンを脱ぎ、「ちぢみ」の肌着シャツにステテコになるのである。

ごく自然に、夏の暑い中の移動だからねー、のんびりするもんねー　というゆるい雰囲気が漂い、誰も咎めるものはなかった。

そこかしこで弁当を広げる音や、つまみを齧る音、冷凍ミカンの甘酸っぱい香りが漂い、車窓からは瀬戸内の海が眺められた。

まだ山陽新幹線はなく、鳥取県への帰省は、山陽線で岡山に行き、そこから伯備線に入って米子出雲方面に向かったのである。岡山で乗り換えることもあったが、私の親は乗り換えの不安を考えて、山陽線からそのまま伯備線に入る列車を取ってくれていた。前四両は、切り離されて、岡山から広島方面に、後ろ四両は岡山から伯備線に入るというものであった。

私は当然ながら後ろ四両に乗り込んでいたし、うろうろするのは不安なので、ほとんどじっとしていた。

岡山で切り離しが終わり、伯備線に入ってしばらくした頃だった。

私の座っている席の横の通路をちぢみのシャツとステテコをはいたおじさんが四歳位の男の子の手を引いて、もう一方の手には買ったばかりのお弁当とお茶を持って歩いていた。

　そこに前から車掌さんが来て、「切符拝見させていただきます」と、各席を回りながら近づいてきた。

　車掌さんとステテコおじさんが、私の真横の通路で鉢合わせした。車掌さんはやや困惑した目で、ステテコおじさんに、「どちらに行かれますか」と尋ねると、ステテコおじさんは、不審げもなく、「前の車両に」、と答えたのである。えっ、前の車両は、切り離されて広島に向かったはず。
　この会話が、私の真横で交わされている。笑ってはいけない。なんて不幸なステテコおじさん。買ったばかりのお弁当とお茶以外は、多分、財布は持っているだろうが、洋服と荷物は主の無いまま、広島方面へ走っている。

ステテコおじさんが車掌さんに話すには、岡山駅で弁当を買おうと思い、汽車から降りた、弁当屋が後方の車両の方だった、そこまで行って買ったついでにお茶もと思い、もっと後方の売店で買って、急いで車両に乗った。まさか前四両が切り離されるとは思ってもいなかった、と。

確かに当時の列車は、切り離されたり、くっつけたりする確率が高かったように思う。今よりも複雑な鉄道事情だったのだろうか。

あのステテコおじさんがどうなったのかは知る由もないが、おそらく次の駅で降車して、広島に向かった荷物を追いかけるようにして、本来のルートに戻ったのだろう。おじさん、降車した駅で、ずっとちぢみのシャツにステテコだったのだろうか。

苦労して買ったお弁当とお茶の味は?

もしこのような体験をされた方がいらっしゃったらコメントをお願いします。

お待ちしています。

里帰り　列車に忘れた　夏帽子

お風呂、コワイ。お便所、コワイ。

お風呂、コワイ。お便所、コワイ。

映画「テルマエ・ロマエ」の興業収入が、邦画部門の上位に位置しているらしい。今年公開のパート2も好調である。

古代ローマの風呂設計技師ルシアスが、現代の日本の銭湯にワープするというコミックを映画化したものである。ローマの古代歴史と日本の銭湯文化を面白く取り上げており、久しぶりに映画館で大笑いした。

ローマ時代とお風呂というと、私にも思い出がある。

高校時代、世界史は得意であった。

しかしその世界史の試験の日、試験教科の組み合わせが、英語と数学Ⅱであった。英語と数学に勉強時間を取られ、世界史はほとんど手つかずで試験に臨まなければならなかった。ローマ史が問題に出たものの、皇帝名がさっぱり記憶にない。頭に残っていた皇帝名は、「カラカラ帝」だけであった。世界史の先生が、雑談的に、大浴場を建設した皇帝として話してくれたのである。

ローマ史上では、さほど国家的な偉業を成し遂げた皇帝ではなかったのかもしれないが、その名前しか思いつかない。仕方なく、皇帝名を書く解答欄に、全て「カラカラ帝」と書き込んだ。一つぐらいはまぐれで当たるのではないかと考えたのである。相当いい加減な生徒である。

結果は、全部ハズレ。試験用紙が返却され、クラス全員で解答確認をしている時に、先生が、「カラカラ帝で解答欄を埋めたアホがいる」と言われた。恥ずかしくて顔を上げることができなかった。

後年、宝塚大劇場の近くに、「カラカラ・テルメ」という大浴場ができたときに、「ほーら、カラカラ帝は、ローマでは賢帝ではなかったかもしれないけれど、現代に生き残っているやん」と、嬉しかった。

郷里の鳥取県では、小学生の終わり頃まで、お風呂は「五右衛門風呂」であった。「五右衛門風呂」と聞いても、わからない人が多いと思う。下から薪を焚く鉄の窯風呂で、そこに入るわけであるから、底が熱い。底に触れないために、丸い木の板を体重で沈めながら、ゆっくりと入っていくのである。

たまに急いで入って、板のバランスが崩れることがある。板が浮き上がって、風

呂底に足がつく。アツー。大急ぎで板のバランスを取り直すか、風呂桶から飛び出すか、しかない。当時、私にとって、風呂は恐怖であった。

そしてもう一つの恐怖が、トイレである。

昔の田舎のトイレは、便所というべきか。おばあちゃんの家の便所は、家の外にあった。もちろん水洗ではない。汲み取り式便所、言葉は悪いが、「ボットン便所」である。外にある、暗い、臭い、となると、夜に行くのが恐くてたまらず、我慢しつつひたすら夜明けを待つ、というのも懐かしい思い出である。

風呂、トイレという水回りは、この二十年ぐらいの間に、大進化したものである。二十四時間いつでもお風呂の湯が沸いている、ジャグジーが楽しめる、などなど、ゆったり広々とした家庭風呂は、カラカラ帝もびっくりであろう。

トイレも、和式と洋式が共存しているものの、今や洋式が和式を駆逐する勢いである。足腰が弱ってきた高齢者にとっては洋式トイレはありがたいようで、百貨店や劇場などのトイレは八割がた洋式である。

家庭でも洋式が一般的になっているのに、教育施設では和式のままのことが多い。保育所や幼稚園で、使ったことのない和式トイレに悩む子どもが多い。就園前に、和式トイレの使い方講座があるようで、教育施設の時代遅れを感じてしまう。

今やトイレは、温かい便座や、自動で蓋が開いたり、音楽が流れたり、自動で洗浄されたり、お尻も洗ってくれる。なにより流す水量が格段に減っている。水道使用量が半減するらしい。トイレの進化は目覚ましい。

先日、新築された某所に行って、トイレをお借りしたら、入室を感知して、照明がつく最新式であった。さすがである。

しかしトイレの便座に座ったら、「熱い」。七月なのだから、便座ホットはいらないです、と思いながら、トイレを後にした。
節電を心がけている皆様、便座の温度は適正でしょうか、今一度ご確認ください。

便座冷え　夜の静寂の　金木犀

おふくろの味

おふくろの味

私の母は、平成十六年九月十一日に、自宅でクモ膜下出血で倒れた。

この病気は四割近くが亡くなり、三割に重度障害が残り、二割程度が現状復帰できるという。

母は、重度障害が残ったまま生き続けている。動くことも話すこともできない。聴力は残っているように思うが、それもあやしい。私の姿を目で追う事もない。あれだけ元気であった母の、こんな姿を見ることになるとは、想像もしていなかった。多分、母自身が、一番驚いているのではないかと思う。

母は、私が小学校に入る頃までは、自宅で洋裁教室を開き、夜は、オーダーの洋服を縫っていた。昼の洋裁教室には、ご近所のおばさんや結婚前の娘さんが常時五人程度は来られていて、とても賑やかであった。

さらに生地を持ってくる服地屋さんやボタンを扱う業者さんもやってきて、『装苑』や『ドレスメーキング』という雑誌が、本棚に並んでいた。

晩ご飯が終わるころになると、当時珍しかった、職業婦人と思わしい方が来られ、それらの本の中からデザインを選び、採寸し、仮縫いし、出来上がりを取りに来られるという事がよくあった。

その女性の指には、きらきら光る赤い指輪があったのを今でもよく覚えている。多分ルビーの指輪だったのだろう。

生地やボタンの見本は、幼児の私には、夢のように美しい世界であった。こんなに美しいボタンは、どんな香りがするのだろうと、思い切り香りを嗅いだら、小さな貝ボタンが鼻に吸い込まれてしまい、居合わせたおばさん達が、「ふーんって、鼻から息、吹きだしてみー」と大騒ぎになったのも懐かしい。

アホな幼い私。私のジュエリー好き、洋服好きは、あの幼児体験にあることは間違いない。

昭和三十年代後半になると、高度経済成長の中、洋服も大量生産、大量消費の時代となり、家庭で洋裁をすることはほとんどなくなった。手軽に安価に完成した洋服が手に入るようになった。

いつの間にか自宅の洋裁教室は閉じられ、仮縫いに来られていた女性を見かけることもなくなった。

小学校三年生になった頃だったと思う。母が会社に勤めだした。ご近所のお友達に誘われたようであった。姉も私も、それなりに大きくなっていたので、外で働いても大丈夫と思ったのだろう。

今から考えたら、まさに現代を先取したような母の社会進出であった。

当時はまだ珍しかったと思う。私は「鍵っ子」のはしりであった。クラスの中で、家の鍵を持たされていたのは学校の先生の子弟か、役所にお勤めの公務員の子どもが多かった。私の母のように、民間の会社に勤めている人は少なかったと思う。

母は、洋服作りは得意であったが、食事作りは、全く得意ではなかった。巻きずしを巻いたら、口に入れるまでにばらけてしまう。

そのことを姉が怒ると、口に入れて噛んだらばらばらになると、悪びれる様子もない。

当時、数の子は今よりもずっと安かった。正月には大量の数の子が食卓に供されたが、全く美味しくない。かたいというか単に塩辛いだけで、もしゃもしゃした感じしかしない。

姉などは、「世界で一番まずいもの」と言っていた。ほんと数の子に対して申し訳ない。私が大学に入って、調理実習で、正月料理を作った時、あのまずい原因が分かった。母は、忙しくて、数の子の塩出しをしていなかった。周りの薄皮を剥がしていなかった。だからあんなに塩辛くてもしゃもしゃしていたのだ。

それからはすべて私が作ることにしたら、もう二度と、「世界一まずいもの」とは言われなくなった。

そんな料理下手の母であるが、一つだけ、私が再現できない料理がある。特別な料理ではない。忙しかった母が、帰宅して大急ぎで作ったであろう、大鍋に全部の食材を入れ込んで煮たような料理である。

繊細からは程遠い。白菜、人参、豚肉、タケノコ、シイタケ、春雨を煮込み、醤油で味付けしたものである。

ここにショウガをたくさん入れる。みじん切りではない、不揃いに大きいショウガスライスである。これが温かくて美味しいのである。何杯でも食べられる。食べ終わった後も体がほこほこしている。

今なら、ショウガパワーとか、いろんな理由が分かるが、当時はとにかくその料理が好きだった。母の料理と言えば、このごった煮込みと、もしゃもしゃした数の子の思い出しかない。
最後の晩餐に何を食べたいかを考える時、叶わないのは百も承知だが、この母の料理が、私の最後の晩餐にできるのならと、無いものねだりである。

母の背が　ほんのり揺らめく　春がすみ

幼稚園、行った？

幼稚園、行った？

実は私は、幼稚園にも保育所にも行っていない。二歳年上の姉は、制服制帽のある、かなりハイソな幼稚園にバス通園していた。

ある時、母が姉に向かって「幼稚園ってどう？」と聞いたらしい。姉はしばらく考えて、おもむろに「大したところではない。行かなくてもいいと思う」と答えたそうである。

これも親の言い訳かもしれないが。というわけで、母は、大したことがないところなら行かなくてもいいやとばかり、私の幼稚園生活をスルーさせたのである。ほんといい加減な母親と言うほかはない。

このような事情で、私は幼稚園も保育所も知らないまま、自宅で、母の洋裁教室のおばちゃんたちと遊び呆けた幼児期を送っている。

でもこの時期の経験は、間違いなく、その後の私の人生に繋がっている。

大人たちの微妙な会話や空気感、やってくる業者さん達の面白さ、夜通しミシンを踏み続ける母の背中、ルビーの指輪のキャリアウーマン、全てが今の私を作り上げている。

幼稚園に行かなかったことを悔やんだことを、敢えてあげるとすれば、小学校に入学した直後の朝礼時に、「前にならえ」と「回れ右」がわからなかったことである。先生にしたら、困った小学生だったかもしれない。

最近、教育改革に関連するニュースが多い。教育委員会不要論、教育委員会改変論、教育行政の最高責任者論を始めとして、民間人管理職の積極登用、小中一貫教育の推進、そして就学年齢の見直しなど、戦後の教育制度の再編期に入ったのかもしれない。

確かに戦後七十年近くの歳月と日本社会の変容を考えると、百年の計となるこれからの教育を考えていく時期になったのだろう。

残すべきものと変えていくもの、新たに作り出していくものの論議が必要である。と、まぁ、一応、教育学修士を持ち、教育委員を拝命している私としては、真面目に真摯に取り組まねばならない。

ところで就学年齢の見直し案であるが、現在六歳からの就学年齢を五歳に引き下げようという案である。現在の幼稚園や保育園の年長組が、小学校に行くことになる訳で、随分幼いうちから、学業に励むことになるのだなと、複雑な気持ちになる。

これだけ平均寿命が伸びているなら、むしろ就学年齢を引き上げて、幼児期の延長を、というわけにはいかないのだろうか。

英語はやらないといけないし、早くから勉学に励まないといけないし、子どもはつらいよ、である。

一五六三年に日本にやってきたイエズス会宣教師のルイス・フロイスが、彼の著作『日欧文化比較論』の中で、「七歳までは神のうち」として乳幼児を大切に扱う日本人、子どもを挟んで川の字に就寝する家族の姿を、日本の良き習慣として、ヨーロッパ本国に紹介している。

就学年齢七歳、これもいいのでは。義務教育、そして高等教育と、長く設定された教育期間を考えると、早期に教育環境になげ込むことが、本当に適切なことなのかどうか、疑問である。

幼稚園や保育所は、義務教育に入る前の就学前教育の場とされている。

もちろん、幼稚園は文部科学省の管轄で、保育所は厚生労働省の管轄であり、両者の設置指針は異なっている。これも一つの行政上の越えにくい壁である。

しかし、一人の子どもが、たまたま親の方針で、幼稚園に行くのか、保育所に行くのかが異なっただけである。義務教育に入ったら、差異が出るものではない。義務教育ではないのだから、私のように幼稚園にも保育所にも行かなくてもいいとも言える。

しかしルイス・フロイスが五百年近く前に見た「乳幼児を大切に扱う日本人」と違う「乳幼児を虐待する日本人」が、月の内に何回も新聞記事になる今の世の中では、三歳から幼稚園、五歳から給食付き小学校という将来的な制度もあり、かもしれない。

ひこうき雲　第七コースを　走ってる

卒業式に思う将来の夢

卒業式に思う将来の夢

教育委員を拝命している私にとって、卒業式に参列するのは、楽しく、感動するものである。

特に小学校の卒業式では、一人ひとりの児童が、将来の夢を述べてから、卒業証書を校長先生から手渡されるという形式が多い。

私の時は、まだ子どもの数が多い時代で、一人ひとりに手渡されたのかさえ記憶がない。クラス代表が受けとって、クラスに帰ってから、担任の先生から渡された様な気もする。

ましてやみんなの前で、将来の夢を語った事はない。卒業文集に、将来の夢を何か書いたことは覚えているが、何を書いたのやら。

今年の卒業式でも、子どもたちの夢を聞くことができた。

サッカー選手になって世界で活躍したい、パティシエになって美味しいお菓子を作ってみんなを幸せな気持ちにさせたい、宇宙飛行士になりたい、などなど、多く

どんな夢が語られたのかな（池田市立石橋南小学校にて）

の夢が語られた。

将来の夢は、時代を映している。十三年前に参列した時には、サッカー選手よりも圧倒的に野球選手になりたいが多かったし、パティシエという職種も聞かれなかった。お花屋さんとか、幼稚園の先生、看護師さんが多かったように思う。

最近よく聞くのが、ゲームクリエーターになってみんなが楽しむゲームを作りたいという夢である。ゲームが子どもたちの世界に浸透していることを物語っている。

子どもたちが語る夢を聞きながら、私はあの頃、何になりたかったのだろうかと、いつも自問している。不思議と、一つだけ鮮明に覚えていることがある。

私が幼稚園に行かなかった事は、すでに書いた。自宅の母の洋裁教室で、日々楽しんでいたのだが、もう一つ楽しいところがあった。それは近所の靴屋さんである。

靴屋さんといっても、靴の販売ではなく修理をしているお店である。家の土間のようなところで、おじいさん（当時の私にはおじいさんに見えたが、多分今の私の年齢にはなっていなかったと思う）が、靴の修理をしているのである。靴底が見えるように、裏返した靴を木型にはめて、靴に向き合っている。

おじいさんの周囲には、ゴム板、ゴムべら、金槌、木槌、カッターナイフのようなもの、はさみ、クギとあらゆるものが置かれていた。私はその横に座って、おじいさんが修理する様子を眺めている。

おじいさんが、やおらクギを口に入れると、すり減ったかかとに新しいゴムみたいなものをあてて型どりすると、口から機関銃のようにクギを噴き出して、木槌で素早く叩きこんでいくのである。

もう私の目には神業にしか見えなかった。

またある時は、靴底全体が傷んでいたのか、大きなゴム板を取り出して、器用に型取りし、白い接着剤で張り合わせ、微妙なカーブを作るために、張り合わせたゴム板をカッターナイフでそぎ落としていく。

見る間に靴底は完成し、おじいさんはもう片足に取り掛かる。一足が仕上がると、柔らかい布で丁寧に靴を拭き、棚に入れていく。おじいさんの手にかかると、古い靴が魔法のように甦る。口から噴射されるクギ技もすごい。

私はこの時、決めた。靴修理屋さんになろう、このおじいさんの弟子になろうと思ったのである。

おじいさんにしたら、幼稚園に行っていない女の子が、自分の傍で靴修理を飽きずに眺めていて、ちょっと誇らしいような恥ずかしいような気持ちであっただろう。いや、やりにくくてたまらなかったかもしれない。かなり変な女の子であったのは間違いない。

私が小学校に入ってからも、おじいさんの靴修理は続いていた。学校の帰り道に土間を覗き込むと、おじいさんはいつものように、少し前かがみになって、靴に向き合っていた。ただおじいさんの周りに置かれている靴の数が少なくなっていたように思えた。

そのうちに私は、すっかり靴修理屋さんになる夢を忘れ、おじいさんのことも頭の中から消えていった。

小学校の高学年になる頃には、いつの間にか店が閉じられ、マーケットになった。今、機械化されておしゃれな看板をあげる靴修理のチェーン店の前を通ると、あの頃の懐かしい土間の風景とおじいさんの神業を思い出す。

それぞれの　夢こだまして　卒業す

覚えていますか、修学旅行

覚えていますか、修学旅行

平成二十六年四月十六日に発生した韓国旅客船沈没事故は、死亡者の多くが高校生という悲惨さが、韓国社会に大きな痛手を与えた。

修学旅行という記念すべき楽しい船旅の途中であったことが痛ましい。動画で見る様子が、リアルでありながら非日常的な情景に思え、観る者を切なくさせる。私たちの日常には、事故や事件がすぐ隣にあるのかもしれないが、意識したこともない。無事に還暦まで生き延びてきたことの感謝を忘れてはいけないと思い知る出来事であった。

小学校、中学校、そして高校の修学旅行の思い出を書いてみよう。

修学旅行の行先は、時代を映し出している。

私の娘たちは二十歳代後半であるが、いずれも小学校は広島、中学校は沖縄に行った。平和学習という目的が、旅行の中心に据えられていた。

義務教育を終えた高校時代は観光・親睦の目的が前面に出ていたように思う。長女は北海道であったし、次女はシンガポールであった。

私の時はと言うと、小学校は伊勢志摩、中学校は東京、高校は九州一周であった。しかし私は、高校の修学旅行に参加していないのである。旅行の三日前に盲腸になるという、ほんと日頃の行いが悪かったとしか言いようがない目にあった。

だから修学旅行の写真がない。同窓会が開かれると、必ず高校時代の、体育祭や文化祭や遠足そして修学旅行の写真が映写され、青春まっただ中の自分たちの様子に大盛り上がりするものである。

そこに映っていないのは、かなり悲しい。「どこに映っているの」と聞かれるたびに、「私、行ってないのよ」、と言うと、ほとんどの友達が、「えーうそー」と言うが、嘘じゃありません。毎回聞かれるので、「ええ加減、覚えておいて」と言いたくなる。ほんとみじめ。

こんなみじめな経験をした高校生の負けおしみだが、行った人もどれだけ覚えているのだろうか。

たまたま写真が映写され、周りから記憶が飛び出すと、あーそういう事もあったなーという程度ではないだろうか。

行っていない高校修学旅行。みんな還暦！　先生は鬼籍。

かく言う私も、小学校の伊勢志摩旅行では、夫婦岩を眺めたことと、お土産に赤福もちを買ったことくらいである。伊勢神宮に参拝したのは間違いないのだが、記憶にない。

多分、社会科の学習を兼ねていたはずであるが、伊勢神宮のお話を聞いた記憶がない。もったいないことである。

しかしなぜか一つだけはっきりと覚えていることがある。それは旅行に行く前に、赤福もちのお土産の申し込み用紙を渡されたことである。

先生が、「家族と相談して、いくつ必要かこの用紙に書いて持ってくるように」といわれた。二つと書いて提出した記憶がある。品名・個数まではっきり覚えている。

中学校の時はどうだっただろう。

私が東京に修学旅行に行ったのは、昭和四十四年である。東海道新幹線は、昭和三十九年十月一日に開通していたが、私たちは、新幹線ではなく、修学旅行列車に乗って行った。東京まで、夜行で十時間近くかかったと思う。

堅いシートに十時間も乗って、腰が痛くて大変だったし、とても眠れるような体勢ではなかったのを覚えている。

中学生の私でさえ体が痛くなったのだから、引率の先生方は、さぞきつかっただろうと思う。

東京見物はバスで、もちろん皇居にも行ったが、汽車で眠れなかった分、バスで爆睡していた。説明された内容の記憶が全くない。

国会議事堂に行った。ここだけが鮮明な記憶のある場所である。それは私たちが通っていた校区から、某政党の党首が出ているという事で、特別に議場内部の見学が許され、赤いじゅうたんを歩くことができた。

見学の後、私たちは議事堂前に集合し、その政治家の方が挨拶に来られたのである。

その政治家先生が話された有難いお話は全く記憶にないのだが、次の言葉だけは今もはっきり覚えている。「おうちに帰ったら、○○がよろしくと言っていたと、ご両親にお伝えください」。子ども心に、随分丁寧な方だな、見学をさせてくれた上に、親にもよろしくとはと。

帰宅して、父にそのことをちゃんと伝えると、父は一言、「中学生の前で選挙運動してどうするんだ」と、呆れたような怒ったような口調で、母と苦笑いしていた。

社会が見えていなかった自分が恥ずかしい。花の東京に行ったら、当時流行していたグループサウンズに会えるのではないかと、こっそりサイン帳をしのばせていた自分の無邪気さが懐かしい。

修学旅行って、宿泊を共にする中で学ぶ社会体験学習なのであるが、お土産の事前取りまとめといい、政治家先生のお言葉といい、その深い意味に気がついたのは、ずっと後になってからである。

世の中を　逆さまにして　髪洗う

思い出の階段（隔離）教室

思い出の階段（隔離）教室

某市長さんが、問題行動のある児童生徒を、特別教室に「隔離」して教育するという姿勢を表明したとたん、議論噴出である。

隔離して教育をした方がその子のためになるという意見から、隔離するなどもってのほか、疎外感を与えるような教育をしてはいけないという意見など、どちらも考えさせるものばかりである。

みんなで意見を出し合い、考えるという作業は、新しい教育を創造していく過程としては大切なものであろう。今しばらく、様子を見てみたい。

私にも、「隔離教室」の思い出がある。驚かないでください。

あれは高校二年生の冬であった。

階段教室に差し込む光は、もうすぐ日が暮れる前の弱々しさで、物悲しい気分にさせられたのを覚えている。特別な七時間目の始まりであった。

私が通った高校は、府内でもトップクラスの進学校と言われていた。中学時代に神童と言われた人間が集まっているわけである。

しかし神童が四百五十人集まったら、四百五十番目の神童もいることになる。なかなかきつい学校で、試験ごとに各教科二十番までの上位成績者が、職員室前に貼り出される。貼り出しがあると、見に行って、あーまたあの人たちかと、感心しながら見上げる。だいたい上位三人は、一位から三位の席取り合戦状態であった。別格と言うほかない。

私は、国語関係のみは、名前が上位の下の方に載るのであるが、それ以外は……。とくに理科系が苦手であった。その中でも物理が……。

欠点は三十五点であった。年間五回の定期試験があるので、四回目までに百七十五点を取っておけば、留年することはない。

しかしあろうことか私は、四回目までに百二十点位しか取れていなかったのである。途中一度、大変な（低い）点を取ってしまったのが、致命的であった。おそらく物理では、四百三十番目位の神童になり下がっていたと思う。

そしてその高校は教科毎に、ビリから五十人程度を、七時間目の補習授業に「隔離」したのである。

一年生の時には、その補習授業にかかったことが無かったので、どういう段取りになるのか皆目分からなかった。

仲良しの補習常連者に聞いてみると、まず学校から封書が自宅宛てに届くらしい。封書には、成績不良なので、補習授業を受けさせることや、帰宅が遅くなることがしたためられ、親の承諾印を必要とするらしい。

常連者曰く、親に心配をかけたくなかったら、郵便箱に気をつけて、自分で書いて提出したらいいと、おそるべき知恵を授けてくれた。

私は親よりも、同じ高校を卒業した姉に知られる方が心配だった。姉は秀才であった。

私は、封書で届いた補習承諾書を、とりあえず親になりかわって署名捺印した。丁寧にも、親として本当に申し訳ない、しっかり補習してほしいという添え書きまで書いて提出した。

担任の先生は、「あーきましたか。まぁ、頑張ってください」と激励の一言。ほんと頑張るしかない。

そして七時間目の階段教室。ビリから五十人の物理補習組は、九五パーセントが女子であった。

中に一人二人の男子がいる。肩身が狭そうである。本来なら、全員肩身が狭いはずであるが、なぜか女子は勢いづいている。

「あれー、〇〇さんもやったの」とか、すっかりはしゃいでしまう。暗さなんて微塵もない。物理の先生が入ってこられると、さすがに静粛になり、補習授業が始まるのである。

今まで理解できなかった事が、先生のゆっくりとした丁寧な説明で少しずつ理解できるようになる。あー、こういう意味だったのかと理解できると、教科書の内容が頭に入ってくる。質問もできるところまでになる。

そんな週一回の七時間目授業が、五回位あったような記憶がある。

最後の授業で、先生が、今回補習したことをしっかり復習しておきなさい、と繰り返し言われた。そして三学期の期末試験の物理。八十六点を取り、欠点ハードルを楽々クリアできた。

階段教室で補習授業を受けたおかげで、一般の授業では、全く理解できなかった事が理解できるようになったし、どこがわからなかったのかという事もわかった。

成績が貼り出される
職員室前の廊下

補習授業のあった階段教室（名加栄宏氏撮影）

一般の授業でついていけなかった惨めな感情よりも、隔離された補習授業で理解できていく達成感の方が鮮明だ。補習組の明るさも救いだった。多分、みんなもわからなかったんだという安心感と、みんなで頑張れるという共有感があったのだと思う。

「隔離」と言うと、その言葉に反発を覚える人も多いだろうが、わからない場所にわかったような顔をして座っていることほど惨めなことはない。

私自身が経験したから、よくわかる。自分のペースで理解できる場を与えられると、人は伸びていけると思う。そういう取り組みがあってもいいのではないだろうか。

余談ながら、私の配偶者は物理学者である。娘二人は私と同じく、物理で苦労した。私のＤＮＡは、配偶者のそれより強いようである。へっ、へっ、へっ。

おそうじ、ルンバ！

おそうじ、ルンバ！

私には、二歳年上の姉がいる。そう、私の幼稚園生活をスルーさせた張本人である。

この姉が、とにかく家電の新製品が好きなのである。食器洗い機が出たらすぐに購入し、私にも「便利だから使ってみろ」と、送りつけてくる。何も考えずに使ってみたら、確かに便利ではあるが、お湯を沸かしながら洗うので、やたら時間がかかる。ごっごっごっと水をかき回す音も気になる。

最新の物は、この辺りは十分に改良されているらしいので、問題はないと思う。

結局、姉から送りつけられた食器洗い機は、単なる水切り容器としてわが家に鎮座している。やたら大きいのが難点だ。

さてその姉が、自動掃除機ルンバを購入した。仕事に出かけている時に掃除をしてくれて、帰宅したら部屋が綺麗になっているなんて最高とばかりに考えたらしい。

その使い心地の程はいかがだったか。

ある日、姉が帰宅して部屋を見回したところ、あまり綺麗になっていない。

おまけにルンバの姿が見当たらない。おーい、ルンバ。いた、いた。リビングと畳の間の境目に段差があり、ルンバは段差に引っかかった状態で発見された。段差は、ルンバの大敵らしい。

またある日は、姉が化粧をしながら、ルンバを動かしていると、やたらとウィーウィーという音がする。何事かと見てみると、食卓と椅子の間に入ったものの、あっちにぶつかり、こちらに方向転換し、またぶつかり、また考えてと、食卓の下から出るに出られずという様子で、見ていると可哀想で涙が出るような動きをしていたそうである。

愛すべきルンバ。使い方を熟知すれば、有用な働き手になるのは間違いない。

その姉の家に、今度は自走式掃除機がやってきた（掃除が好きなのかと、疑ってしまう）。頼まれて掃除に行って、初めて自走式掃除機というのを使ってみた。正直、驚き、感激した。

とにかく楽なのである。今をときめくグループ「嵐」のみなさんがコマーシャルにでていて、掃除機のスイッチを入れた途端に、引っ張られるように走り出すというのがあったが、あの感覚は真実である。

これ、欲しいなー。簡単、楽ちん、お掃除が好きになる、とばかりに、その足で、大型電気店に向かい、久しぶりに掃除機を買い替えた私であった。

私が小学生だった昭和三十年代中期から後期にかけて、我が国の家事労働が、手動から電動に切り替わっていった。まさに高度経済成長期の幕開けである。

家電製品の中で、もっとも普及が早かったのが、洗濯機であった。洗濯に費やす時間量と労働量の大変さが、洗濯機の電化研究を推し進めたのだろう。

ついで電気冷蔵庫、電気掃除機の順となる。テレビは、現在の天皇陛下がご成婚された昭和三十四年に普及率が高まり、カラーテレビは、昭和四十七年に札幌で開催された冬季オリンピックや同年夏のミュンヘンオリンピックで一挙に普及した。この頃のオリンピックは、夏季も冬季も同年度開催であったようである。

電子レンジは、現在では普及率が高いが、昭和五十年代中期以降にようやく四〇パーセント程度であり、普及カーブが緩やかであった。

忘れもしない、電気掃除機がやってきたのは、私が小学校一年生の春であった。朝から、母がそわそわしている。

しばらくすると、ご近所の電気屋のおじさんが、大きな段ボール箱を持ってきた。中から、蛇腹のホースだの丸い筒だのが出てくる。

何じゃ、これはと思っていると、母が嬉しそうに、これは「電気のほうき」だという。ますますわからん。

とにかく後ろから見ていなさい、ということで、興味津々眺めていると、ブオーンという音に、驚き後ずさりする。母も驚いたようであった。

しかしなぜか、畳の上が綺麗になっていく。くるくると回りながら、お掃除がどんどん進んでいくという感じである。掃除機本体の後ろからは、温かな風が出てくる。

その風の温かさが嬉しくて、人形の洗った髪を乾かしてやろうと、人形を持って、その後ろについて回る私。

ついでに自分の顔にも温かい風をあててみる。今から考えたら、バカみたいな無邪気さであった。

でもなぜかそこから出る風の温かさは、何かいいことが起こりそうな、そんな気分にさせてくれたのであった。

掃除機の　音ぶんぶんと　春の風

黒船家電って知ってる?

黒船家電って知ってる?

記憶の回路というのは、どういうしくみになっているのだろう。

昭和三十年代、小学校一年生の時、電気掃除機が来た日の記憶は鮮明にあるのに、電気洗濯機や電気冷蔵庫がやって来た日の記憶が無い。記憶を残すには幼すぎたのか、記憶に結びつくような出来事が無かったのかもしれない。

洗濯機の記憶は、すでに使い始めてからのものばかりで、掃除機のように、まさにその変換点に立ち会ったものではなかった。

洗濯機の電化は、前にも書いたように、家電製品の中では、トップランナーであったので、私が四歳位の時に家にやってきたのだろう。記憶の中には、すでに電気洗濯機があった。

しかし今のような全自動ではない。洗うという行為のみが自動化されている代物で、水の取り込みや排水に関しては、手動でボタン指示しないといけなかった。

脱水に至っては、完全に手動で、ゴムのローラーの間に洗い終わった洗濯物を挟み込み、ぐるぐるとローラーを回して、その圧力で水を絞り出すという方式である。

水が絞り出された洗濯物は、干しイカのようにうすーくなっていた。干しイカのようになったパンツだのシャツだのを思い出すたびに、今でも笑えてくる。

この光景を、今の学生さん達の前で話しても、誰もイメージできないで、面白くなさそうな顔で聞いている。「この先生、何歳なんだ」と不審な顔もされるので、最近はパスして、私は知りませんがー、という顔で、洗濯機の進化の図表を示すことにする。
たかだか六十年位前のことなんだぞ、と言いたい。
その当時の洗濯機は、布に

優しくなかったと思う。洗いの最中に、やたら衣類が絡まるし、自動脱水機ができた時にも、脱水し終わった衣類が、まるで団子のように絡みついていた。母がブツブツ言いながら、衣類を分離させていたのを覚えている。

最新の洗濯機は、絡まらず、脱水後も、衣類の風合いを残して、布に優しい。酒が入ると、人に絡む酒癖の悪い人間は、最新の洗濯機を見習うべきである。

最近、私が一番お気に入りの俳優、西島秀俊さんが、某家電メーカーの洗濯機コマーシャルで、「引っかからない」とつぶやいているが、ほんとうに布に優しくなっている。

省労働力化はもちろんのこと、洗濯時間の短縮、薄型大容量、水の電気分解で汚れを落とす環境負荷の少ない洗濯機など、洗濯機はどこまで進化するのだろう。

掃除機、洗濯機ときたら、最後は冷蔵庫。

みなさんは、電気冷蔵庫になる前の冷蔵庫をご存じですか。

そう、氷で冷やす、保冷庫のようなもの。私にはかすかに記憶があるが、その保冷庫よりも、氷を運んでくるおじさんの氷さばきの方が記憶にある。荷台に大きな氷を乗せて、各家に氷を切り分け、鈎《かぎ》のようなものに引っ掛けて、家まで持ってきて、保冷庫の上段に入れてくれる。

その氷を切る様子が、やたらかっこいいのである。しゃっ、しゃっ、しゃっという音も懐かしい。

当時、各町には、必ず氷を売るお店があったと思うが、今は見かけない。冷蔵庫の普及で、商売替えをされたのだろう。

今、家庭になくてはならない家電の筆頭の冷蔵庫であるが、私にはあまり思い出が無いのが不思議である。あるのが当然すぎる家電の不幸なのかもしれない。

省エネはもちろんのこと、大容量、薄型、両開き、鮮度保持と、冷蔵庫の進化もなかなかのものである。西島秀俊さんは、冷蔵庫の進化をなんて言ってたっけ。

ところで、最近、日本の家電業界も、海外の家電製品に苦戦しているらしい。品質の高さは日本の得意とするところであるが、海外製品は、日本人の消費者心理の隙間をついた商品開発で突破口を見出すらしい。

掃除機ルンバをはじめとして、羽根の無い扇風機や、布団専用のハウスダスト除去機、パン焼き器など。白物家電の中で、海外製品は「黒船家電」と言うそうだ。

ペリー来航の脅威再来、「泰平の眠りを覚ます上喜撰　たった四杯で夜も眠れず」

状態である。家電製品の進化は続くのである。

氷室出で　都大路に　初夏の風

流行ってます、婚活応援事業

流行ってます、婚活応援事業

一九八九年（平成二年）におこった一・五七ショックをご存知ですか。合計特殊出生率の急激な減少に、社会が震撼した出来事である。

この合計特殊出生率というのは、十五歳から四十九歳の女性が、生涯に何人の子どもを産むかを示したものであり、二・〇八であれば、社会の人口増減はほぼないとみなされ、それ以下では人口減になる。

現在、一・四から一・五を推移している日本社会は、間違いなく、人口減少社会になる。

一方、有配偶出生率を見ると、二・二であり、結婚している女性は二人から三人の子どもを生んでいることになる。合計特殊出生率と、有配偶出生率の差は何か。そう、結婚しない男女が増えているという事なのである。

近年、結婚しない女性の増加という表現がされ、いかにも女性だけがワルイように言われるが、結婚は相手があっての話である。

女性が結婚しないなら、相手となる男性も結婚していないはずで、マスコミなどの表現は、女性への悪意を感じてしまう。東京都議会の「セクハラやじ」みたいである。

とにかく人口減少を食い止めるためには、男女ともに結婚することを奨励しようという社会の取り組みが、最近、活発になってきた。

自治体が本気モードで、婚活事業に乗り出したのである。

二〇一〇年に内閣府が行った調査によると、四十七都道府県のうち三十一（六六パーセント）の自治体が、何らかの婚活応援事業を展開している。取り組み内容はさまざまであるが、過疎化対策とのセットと、商店街の活性化対策とのセットの場合が多い。

年間予算も二百万円以上が計上されており、かなり気合が入っている。課題はあるようであるが、これからの展開に期待がもてる。

私が、青春真っただ中にいた頃も、婚活事業の一種があった。自治体が支援してくれるのではなく、自分たち自らで開拓していくというものであった。

例えば大学のクラブ主催のダンスパーティ（略してダンパ）とか、合同ハイキング（合ハイ）とか、合同コンパ（合コン）である。

私が娘たちに、ダンパや合ハイというと、何それ、と言われるのが悔しい。ふーんだ、しらんやろー。そういう時代だったの。

大学の正門に、他大学の男子学生が、ダンスパーティのチケットを売りに来る。女子の集団がやってくると、ここぞとばかりに近づいて、チケットを売りつける。

なぜか私に何枚も手渡して、「チケットの数だけ男子学生を用意しますから」と言うのである。なんだそれは、といいたくなるが、興味もあって、五枚ほど引き受ける。

当日、女子五人と会場に行くと、ちゃんと五人の男性を用意してくれている。

しかしダンスパーティでは、相手がどんどん変わるので、別に五人の男など必要なかった。ダンスの相手は、適当に声をかけてきた相手であるが、えり好みしていると、声をかけられなくなるというのもわかる。男たちは観察しているようなのである。断られるのが嫌な男性と、えり好みする女性の駆け引きである。

私なんか、ずっと「壁の花」だったこともある。「花」ならいいが、「壁のシミ」だったかも。

ある時、他大学の運動部に高校の先輩がいて、合同ハイキングをしないかという話があった。十五人くらい集めてということで、双方合わせると三十人の合ハイとなった。学校の遠足状態である。

行先は、服部緑地から万博公園というルートであった。双方の名前を知るために、参加者全員の名簿を作る。住所や電話番号まで明記するから、ますますクラス遠足状態である。

なぜかこれも私の仕事になる。事前準備に忙殺される自分を呪いたい。おまけにこういう裏方作業をしている女子は、決まって「しっかり者」と見られて、男子に敬遠されるのだ。悔しい。

合同と名がつくところでは、後ろからそっとついていくのが「愛され女子」の鉄則のようである。私には到底できない技である。

服部緑地に着くと、その名簿に添って、アミダくじを作り、相手が決まる。緊張の一瞬である。今日一日の成功が、いやこれからの人生が、このアミダくじにかかっている。

くじ引きの結果、私のお相手は、なんやひょろっとした頼りなさそうな男子。で

も優しそうかも、と気を取り直す。早速、くじの相手とボートに乗ることになった。他の組のボートは、全員、男子が漕ぐ位置に座る。
ところがそのひょろりん男子、もじもじして、困り顔で私をじーっと見詰めてくる。「どないしたん」。「あのー僕、ボート漕げないんですけど」。ひ、ひぇーっ、ハズレという文字が頭の中を駆け巡る。「仕方ないな、じゃー、私が漕ぐわ」、とオールをしっかり握り、漕ぎ出す。「しっかりつかまって」と、ほとんどお母ちゃんの心境になってしまう。
もう、いつもこうなんだから、何でやねんと、自分に突っ込みを入れてしまう。他の組の女子達は、優雅にボートに揺られ、不思議そうに私を見ている。ムカツク。くじ運の悪さを呪う。

当時コンビニという便利なものが無かったので、昼食は、参加女子が、男子の分も作って持って行くという「しきたり」であった。

当然ながら二人分の弁当を作った私は、そのひょろりん男子に差し出したのであるが、私に言わせたら、ボートを漕がなかったから、弁当食うなの心境であった。

私は男女の固定役割を良しとはしない人間であるが、ここまで私に依存してくるのは、やっぱり許せん。

余談ながら、私の配偶者は、大学ボート部である。あの時のトラウマか。

当時の婚活事業は、自分たちで企画し運営していた。そのこと自体が、楽しく、いろいろな人間模様も観察できたのである。

現代は、当時よりはるかに男女平等が進んだようで、学校や職場での男女間の交流が増加したと思っていたが、意外に男女とも結婚に踏み切れない。最後の一歩への後押しが無いようである。

かつては地縁血縁が後押しの役割を果たし、世話好きなおばさんや上司がいたのに、最近は下手に勧めるとセクハラと言われるのを恐れたり、後々の心配などをしてしまい、仲人役がいなくなったようである。

自治体が乗り出すのも、時代の流れなのかもしれない。いかに自然な出会いに持っていけるかが、自治体の腕の見せどころとなるだろう。
わが家にも二人の娘がいるが、街コン事業に繰り出してくれないだろうか。

ゆらゆらと　ボート漕ぎ出す　春溜り

嬉し、悩まし、贈り物

嬉し、悩まし、贈り物

お中元、お歳暮は、日本の良き伝統と言われている。

お世話になった方への感謝の気持ちを、形に表すということで例年、夏と冬に、私も贈る方の顔を思い浮かべながら選んでいるが、毎回、何を選ぶかが悩ましい。

あれは、私が大学院生の時であった。秀才の姉が、仕事に就いた年で、彼女にとって初めてのお歳暮であったと思う。

活伊勢エビがやってくるから、受け取って料理しておいて、という怖い姉からの指示があった。活伊勢エビのお歳暮なんて、初めてである。どんなものがやってくるのだろうと興味津々であった。

昼前に届けられた箱の中から、何やらごそごそ動く気配がする。届けてくれた配達員の方も、微妙な顔をしている。

定年後、家にいた父と二人で箱を開けると、もみがらの中から、伊勢エビの手足?がカバッと出て来る。ひ、ひぇーと、思わず箱の蓋を閉じてしまう。父の顔もかなり引きつっていた。

「どうしよう」と、二人で顔を見合わせるが、いい知恵が浮かんでこない。しばらくそのままにしていると、中から、キューキューというような鳴き声がする。伊勢エビって鳴いたっけ？

しばらくして父は覚悟を決めたように、「食べるためには、鍋でゆがくしかない」と言い、家中で一番大きな鍋に湯を沸かしだした。

私も覚悟して手伝う事にする。

お湯が沸いたので、そーっと箱の蓋を開け、軍手をした父が、伊勢エビの背中を思い切り、掴んだ。よーし、いいぞと喝采する私。

お湯の中に伊勢エビをつけようとしたら、伊勢エビは、熱さを嫌って、思い切りしっぽを跳ね上げる。お湯が飛び散る。ウワー、アツー。アブナー。

父が思わず、「近寄ったらあかん」と叫ぶ。

そういう父の腰もかなり引けている。思わず、父の腰を押し、「鍋に入れて、蓋したらいい」と私。もう伊勢エビと格闘する父子の図である。

なんとか鍋の蓋をし、気がつくと二人の口からは「南無阿弥陀仏」のつぶやき。

鍋の中は、だんだん静かになっていく。成仏してわが家の夕食になってくれ、という気分であった。

　その晩の食卓には、伊勢エビのホワイトソースかけオーブン焼きが供され、修羅場を見ていない母と姉は、「チョー美味しい」と食べていた。

　父は、と見ると、遠くから眺めているのみ。私は、調理者の責任上、試食程度で……。
　活伊勢エビのお歳暮は、高価なものであるには違いないが、贈られる側としてはやや微妙であった。
　またしても昨年の暮、車エビの贈り物がやってきた。あの伊勢エビの修羅場を思い起こしてしまい、腰が引ける。
　しかし車エビは、伊勢エビより、はる

かに小さい。氷水に放つと、仮死状態になり扱いやすい、との説明書までついている。

よし、今回は、この仮死状態にするのがいいなと覚悟を決め、箱を開ける。

うわー、車エビがうじゃうじゃいる。伊勢エビ一匹より、うじゃうじゃの方がコワイ。

車エビの面々が我先にと、もみがらから出てこようとする。跳ね上がって、床に転げ落ちる車エビもいる。堪忍してくれーの心境である。

何とか一匹ずつ、氷水に投げ入れ、仮死状態にし、冷凍保存した。調理をする気力、体力は残っていなかった。

後日、かの車エビを解凍し、天ぷらにしたところ、家人たちからは、「美味しい」と大絶賛であったが、「お母さん、なんで食べへんの」と問われた。黙秘……。

今年、また姉から、「車エビが来るよ」と言われた時、思わず言ってしまった。

「お友達で、お店をしている人に差し上げて、そこで料理してもらって下さい」と。

カタログの　ページをめくり　日向ぽこ

女が働くということ

女が働くということ

平成二十六年七月上旬、東京都議会のセクハラやじが、新聞紙上を賑わした。妊娠や子育て支援という、まさに日本の存亡に関わる少子化対策へのまじめな質問を「早く結婚した方がいいんじゃないか」とか「自分が産んでから言え」とか「やる気があればできる」とかといった、飲み屋の下ネタレベルのやじである。

ほんと恥ずかしくて情けない。

都議会という良識の府であるはずのところでこれではと、その低意識に恐れ入る。同時に、人間の意識は、あまり変わっていないんだなと、昔のことを思い出したのも事実である。

私は二十五歳で大学院を修了し、その年の十月から教育系の大学の助手として採用された。今から三十五年前の事である。

最終選考に残った二人の中から、結果的に私が採用されることになった。（これは就職してから後に知ったことである。）現在もそうであるが、当時も大学への就職切符はごくごく僅かであった。

私もいくつかの大学ポストに応募していたので、採用通知がきた時には、天にも舞い上がる気持であった。自宅からの通勤は遠いので、大学近くへの引っ越しも含めて、新しく始まる社会人生活への夢に溢れていた。

しかし実際に大学に着任してみると、自分の甘さを痛感させられることばかりだった。

学生さんと私との関係は、少し上のお姉さん的先生として、かなり良好であったと思う。問題は教授たちであった。大学構内ですれ違うと、私の顔を見て、「君かね、業績は少ないのに、顔で採用されたというのは」と、もろにセクハラ言葉を浴びせてくる。

今なら、口に出さずにじっと顔を見られるか、ことさら無視されるかだろう。悲しかった。悔しかった。恩師に相談すると、それならそれを言われないようにしっかり仕事をしたらいい、と励まされた。

ある教授は、「君は、ノルマンディ上陸作戦の落下傘部隊のようなものだ。掃討されないように頑張れ」と、大層な比喩を持ち出して励ましてくれた。

大学内部の学閥や派閥争いが、嫌でも大学人事に関係していたらしい。私は、そういうことに全く無頓着だったのである。

こうなると、誰と話したらいいのか、誰に本音を伝えたらいいのかなど、研究以外の事に神経をすり減らすことになる。女性教官は全体の一割もおらず、私だけが二十代の女子であった。

三月になると、退官される教授の記念パーティが行われるが、その時には、お酒をついで回るように言われる。コンパニオン役を期待されるわけである。

今から考えると、セクハラに、パワハラ、そのものであった。ただ当時は、そういう言葉も無かったし、社会全体が、それを許していたような気がする。女性が社会で働く時には、そういうことも覚悟して働けという風潮であった。

就職して四年目に結婚し、翌年に妊娠出産をした。仕事も順調に進んでいたし、出産後も働き続けるつもりであった。

当時、国家公務員には、産前産後の休業は、前後合わせて十二週しか認められておらず、私は上の子を七月に産んで、九月には職場復帰をした。かなりきつい規則であった。体もまだしゃんとしないうちに、教育実習や職場研修に追い立てられた。

母乳で育てたかったので、大学の隣の官舎を借り、昼休みには一旦帰宅して、母乳を飲ませてから、また大学に戻るという日々であった。夫婦双方の両親の手助けを受け、保育所に預けることなく、何とか育児を続けることができた。

何よりも研究室が与えられているという事が大きかった。周りに気兼ねすることなく、母乳を絞って冷凍パックに入れることができた。学生さん達も応援してくれた。体重三十八キロになりながらも、仕事と育児に頑張れた。あの時の体重が、ほんと懐かしい。

そして一年おいて、次の子を妊娠したのであるが、この時、周囲の目は本当に冷やかであった。もろに言われた。「あなた、家族関係学を研究しているのに、家族計画はできないのね」と。

今なら言える、「子どもは授かりものですから、何か悪いですか」。

しかし当時の私は、とてもそれが言えるような力がなかった。ただただ「すいません、ご迷惑はおかけしませんから」と言うしかなかった。

その頃、大学内部の事情も複雑になっていて、大学院設置問題が喫緊の課題になっていた。私が採用された六年前とは、事情が異なってきたのである。

私の大学内ポストは、微妙な位置にあった。当時の文部省が要求する大学院設置基準に、必須のポストではなかったのである。

むしろその必須ポストが足りなかったので、私が退職すれば私のポストを、その必須ポストに振り替えることができる。大学院設置に奔走する教授たちからの私への退職勧奨があからさまになった。

学内ですれ違うと、「二人目産んだら、辞めるの」とか「育児は、母親がちゃんとやってあげないと将来心配なことになるよ」とか、今でいうマタニティハラスメントの嵐であった。

とうとう学長室に呼ばれ、「君、子どものためには、辞めるのが一番ですよ。お母さんの代わりはないですから」と、説教されたのである。

今なら言える、「それって、マタハラですよ。あなたの首が飛びますよ」と。

しかし当時の私は言えなかった。ただただ情けなく、この七年間の頑張りは何だったんだと、涙をこらえるのが精一杯であった。

それから間もなく、私は、辞職願を出した。学長は私の手を取って、よく決断しましたと、躍りあがらんばかりであった。

三月に下の子を産んで産休中に、そのまま退職となった。七年間の国家公務員生活は、女が働くことの厳しさを身にしみて感じる期間であった。

その翌年に、この大学は、めでたく大学院設置にこぎつけた。今なら言える、「〇〇大学の大学院は、私の殉職のおかげです」と。

三十五年前と比べると、社会は格段に変化している。職場でのセクハラ防止やその研修が盛んに行われている。パワハラやマタハラに対する意識も形成されてきたと思う。

それは、地道に働き続ける人々を支援するものである。少子高齢に突き進む日本社会の中で、男女の労働は等しく必要なものである。男女共同参画の意味が、今後ますます問われていくだろう。真の実践力が試されている。

そんなことを考えさせられる都議会セクハラやじ問題であった。

ねんねこに　信じきったる　大あくび

学校に行ってみよう

学校に行ってみよう

学校を卒業すると、我が子が在学しない限り、学校の門をくぐるというのは敷居が高いものである。

特に近年、学校に侵入した不審者の起こした事件が、その深刻度から、学校の警備は強まるばかりである。

しかしまた同時に、地域への開放と地域との繋がりの強化は、不幸な事件を繰り返さないためにも重要な課題である。

幸か不幸か、私は教育学部を卒業し、教育に職を得たおかげで、この三十五年近い歳月、学校を間近に見ることができた。

もちろんその間には、娘たち二人の保護者として、学校行事に参加したことも含まれる。この間に見聞した、いくつかのおもしろ、驚き体験を書いてみたい。

今から三十五年前、教育学研究科家庭科教育専攻を修了した私は、すぐに教育系大学に職を得た。

ここは、将来、教師になろうとする学生が学ぶ場で、三回生や四回生になると、教育実習生として、小学校や中学校に行って、現職教員の指導を受けながら、学生自身も授業を担当する。

昨日まで、大学で居眠りしていたような学生も（ごめん）、生徒さんからは先生と呼ばれ、教壇に立ち、必死で教えることになる。

この日を想定して、大学でもいろいろな講義をするのであるが、やはり自分が教壇に立つまではピンとこないようである。特に小学生や中学生の動きや実態は読めないものである。

その日は、学生さんの教育実習も終わりに近づいた頃であった。最後の研究授業を、私も行って参観した。

中学校二年生の家庭科で、調理実習の研究授業であった。家庭科の思い出や好きだったことを問うと、だいたいの学生が、調理実習が面白かったとか楽しい思い出であると書くので、確かに調理実習は楽しいのだろう。

しかしこの楽しいという評価が、なかなかの曲者である。グループでわぁわぁ作っているうちに出来上がって、美味しく食べて終わる、という実習なら、理論や技術の習得は、傍らに追いやられてしまう。しかもたった一回の実習で、技術の習得が可能なはずはない。

とにかくその日、調理実習室は、楽しい事が始まるという雰囲気に満ちていた。どんよりした空気よりもいいかとばかり、私は教室の後方に坐した。六人が一台の調理台に座り、六班あった。

教育実習生は、必死で手順を説明している。だんだん声が裏返ってくる。生徒たちは説明を聞くより、早く実習に取りかかりたい様子がありありである。

ちょうどパドックを回る馬が、走り出したくて仕方ないというような雰囲気で、思わず、どうどうと抑えたいような。ちゃんと説明を聞かないとあかんよ、失敗するよ、と注意したいが、私は声かけが基本的にできないのである。立場上、実習生を見守るしかない。

「では、けがをしないように、始めてください」という実習生の号令。わーっという生徒さんの声に、もう実習生の声はかき消されていく。大丈夫かな。

（これから書くことは、実際にあったことばかりで、フィクションではない。）

まず、コメをとぎだした生徒が、「洗い水がきれいにならないけどどうしよう」と、友達に聞く。友達は、真面目な顔で、「洗剤入れた？」うわ。入れたらあかん。

近くにいた別の生徒がすかさず、「洗剤は入れなくていいよ」と言ってくれて、あやうくセーフ。「炊飯器に水はどこまで入れるの？」「目盛りあるやん」「あーこか」うわ、その水量はおかゆだよ、と私は気付く。言うべきか否か。

今度は誰も気づかない。ハンバーグにおかゆはきついから、言う事にしようと決意し、「お水の量はそれでいいのかな？」と声かけしてみる。

すると、生徒は、なんやこのおばちゃん、誰やねんと不審な顔。「これでいいんです！」と言われ、私も心の中で「それじゃ、炊いてみろ」とつい毒づいてしまう。大人げない私。

実習生が別の班のところで「何をしているんですか」と悲鳴のような声。見に行くと、ハンバーグの材料になるひき肉を、玉ねぎと一緒に炒めている班あり。うわ。ハンバーグにならないやん。実習生、仕方なく予備のひき肉を手渡す。

付け合わせの粉ふきいもを作るために、じゃがいもをむこうとするが、包丁がうまく使えなくて、じゃがいもを「鉛筆削り」する生徒。ダイヤモンドみたいにとがったじゃがいも。「食べられるところを捨てるな！」と突っ込みたくなる。まさに阿鼻叫喚地獄。

ハンバーグをこねるために、ひき肉に手を入れた生徒が「うわー、気持ちワルー」、他の生徒も同じ感想で、それなら手を入れずにこねようと、木しゃもじだのおたまだので、肉を突っつきまわす。

　そのうちにおかゆが炊きあがりだして、炊飯器の蓋がぶつぶつ噴く。

　ほーら見ろと、邪悪な気持ちになる。
　ある班では、ハンバーグを焼いているフライパンの蓋から煙がもくもく。思わず「それ焼け過ぎていない？」と私。「まだ時間にはなっていません」と、生徒さんは時計を見て、蓋をかたく押している。でも焼き時間は一応の目安やろ、そんなに強い火力にしたら目安も何もないやんと、マニュアル人間に腹を立てる。でももう知らない。
　当然ながら、焼け焦げの「たわし」状態のハンバーグ。ほーら見ろと、ほくそ笑み、完全に魔女化する私。

またある日の実習では、ゴムべらで炒め物をして、へらをぐにゃりと変形させてしまう。

生徒曰く「テレビでは溶けませんでしたけど」と。

それはシリコンべらじゃ。ゴムべらは一三〇～一四〇度の耐熱性しかなく、シリコンべらは二一〇度から二三〇度の耐熱性がある。炒め物は一六〇度前後で行うから、一般の料理用ゴムべらでは、溶ける可能性が大となる。

しかしよく見てみると、確かに似ている。形状が同じなので、材質にまでは思い至らない。

これは注意喚起をしないといかんと、逆にこちらが気づかされることも多い。注意喚起と言えば、塩と砂糖の取りちがえなどは日常茶飯事。せっかく先生が工夫して、「赤い蓋は砂糖、青い蓋は塩ですから」と言ったたって、実習中の混乱で、蓋があべこべになったら、簡単に間違える。調味料を入れる前に一度舐めてみるという原始的方法が一番いい。

こういう指示を毎回出し続けないといけない状況なのである。

教育実習が終わってからの評価会で、可哀想なほどうなだれる教育実習生。

でもこの現実をしっかり見据えて、どんな実習方法をしたらいいかを、次に考えることに繋げればいい。

家庭科の調理実習は、一食分の献立を調理することを求めているけれど、生徒の力量が伴なわないのなら、一人一品を必ず作るという実習にしたっていい。

最近の子どもたちの技術力は、確実に低下している。授業を参観すれば、それは誰もが感じるはずである。

技術力の低下は、生活意欲の低下に繋がりかねない。豊かな生活経験や、生活実践能力を育てるために、私たちは何ができるかを、真剣に議論すべきである。

今こそ地域の出番である。地域の皆さん、学校にどんどん出かけてください。

そしてちょっと力をお貸しください。お待ちしています。

秋映《あきばえ》と　名をつけられし　林檎煮る

ボタンつけ、できる?

ボタンつけ、できる？

「あのー、ボタンがとれたんですが」という配偶者の声。「ふうーん、まぁ、使っているうちには、ボタンもとれるよね」と私。

「あのー、ここに置いておいていいかな。つけといてもらえるかな」と、またまた配偶者の声。

すかさず私、「ボタンつけは、小学校五年生の家庭科で習ったはず。ボタンがつけられなくては、独りになった時に困るよ」と切り返す。

配偶者、無言。だいたい分が悪くなると、聞こえなかったふりをする。

仕方なく、ボタンをつけるのである。ほんと私がいなくなったら困ると思うから、いつも悪態をつきつつ、ボタンつけにトライするよう奨励しているのであるが、未だ成功せずの日々である。

このボタンつけという技術であるが、かの文部科学省ですら、「家庭で最後まで残る技術」と明言している。

家庭科の教科書の中で、小学校五年生の家庭科教材として、長年にわたって取り上げられているのである。教科書の内容から消えていく縫製技術が多い中で頑張っている。

それだけこのボタンつけは、代替技術や代替グッズの開発が難しいのである。

戦後の家庭科の教科書の内容変化を分析すると、社会の発展と家庭生活で生き残っている技術との関係がよくわかる。

大まかに分けると、家庭科の内容は、衣、食、住、家庭生活（家族、保育、家庭経済等）で構成されている。

昭和二十年代から四十年代前半までは、衣生活領域の配分が多かった。家庭で衣服を縫うという時代背景があったからと、かつての家事教育の大半が裁縫教育であったという流れも受け継いでいる。

縫製技術も、ブラウス・浴衣などかなり高度なものまで要求されていたし、刺繍や編み物などの手芸という内容領域もあった。

それが昭和四十年代後半から五十年代にかけて、衣生活領域は縮小されていく。

衣服の外部生産で、家庭での縫製作業が消え、衣服は購入するものへと変化したからである。

昭和六十年代になると、ミシンを持たない家庭も増えて、学校の家庭科室でしかミシンに触れたことがないという児童も多くなる。

さらに平成に入ると、刺繍や編み物を扱う手芸領域は、学校で教える教材ではない、ということで外されていく。趣味としては生き残っているが、学校で等しく学習するものではなくなった。

かわって食物領域の内容が勢いを増す。栄養、保健、健康など、人間の体の内部環境に対する関心の高まりが、食物摂取の学習の重要性と結びついていったのである。

現在もこの領域は、力を持っている。

私が、大学院で専攻した家族関係領域や家庭経済領域は、ずっと継子《ままこ》である。勢力がない、切り捨てられる危うさもある。

これだけ社会環境が変化し、家族の在り方も変容しているにもかかわらず、家庭科の教科書での勢力拡大ができないのである。変容する家族の話を正面から取り上げるのが難しい、いろいろな家族関係にある児童や、格差のある経済状態の児童がいるので、授業の中での配慮がいるなど、課題が多い。

こんな時こそ取り上げたいと思うのであるが、まだまだ開発途上というほかはない。家庭科の教員の皆さん、頑張ろう。

このように衣生活領域が縮小された中で、ボタンつけ技術は、教材として生き残っている。頑張っているのである。ズボンのすそ上げに必要な「まつり縫い」の技術は、いちおう教材にあるが、最近、ズボンのすそ上げは、販売店でしてくれたり、簡単な粘着テープが出てきて、アイロンでさーっと接着できる。

応急処置としては、セロテープで留めることだってできる。最悪、ノリやホッチキスでも。（これはいかんか。まぁ不可能ではないという程度で。）

というわけで、ボタンつけは、家庭で最後まで残る技術であることは間違いない。しかしそれならボタンつけを取り上げた教科書の内容を、もっと精査すべきである。

あの記述は、不完全なのである。

一つは、ボタンをつけた最後に、ボタンのあしの部分に三～四回かたく糸をまきつけ、それから布の後ろに針を出して玉どめをする、となっているが、足の部分に

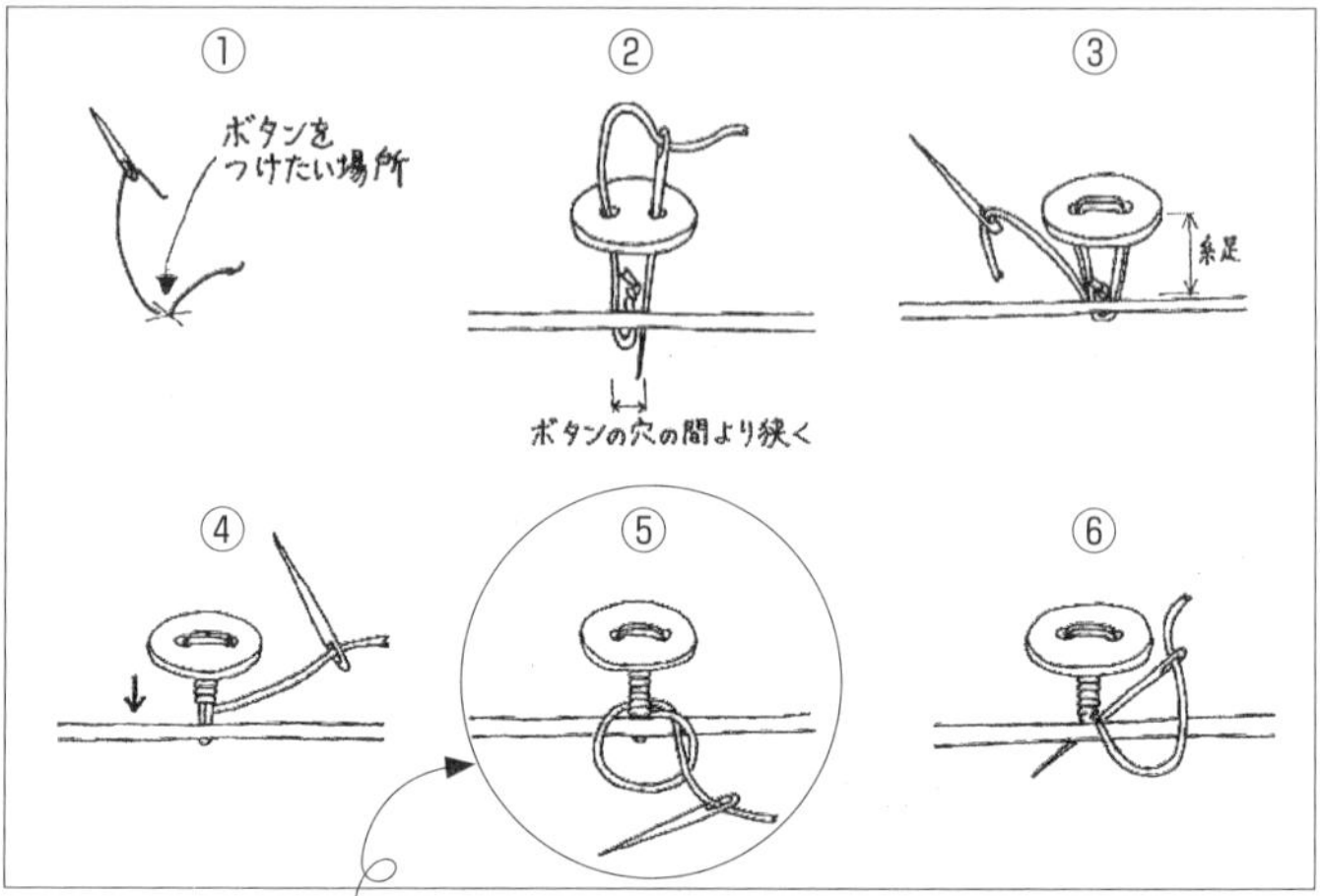

教科書には⑤が抜けている。

いろいろなボタンとボタンホール

巻き付けた最後の輪に糸を通し、巻いた糸が戻らないように引き締めるという作業が抜けている。

小学校の家庭科教科書の説明では、巻きつけた糸が緩んでしまう。試しに縫製の専門学校の教科書を見ると、この作業が書き込まれている。

二つ目は、ボタンをつけることばかりに意識が集中して、ボタンホールの事を忘れている。ボタンホールあってのボタンである。ホールと仲良く、コミュニケートさせなくてはいけない。

にもかかわらず、教科書では、ボタンをつけ終わった後に、「適当な大きさにボタンホールをあける」としか記述されていない。あまりにテキトー過ぎる。

児童の中には、大きなボタンホールを開けてしまいボタンがすぐに外れる子や、反対に小さなボタンホール過ぎてボタンが入らない子が出てくるのは必定である。ボタンホールの大きさを教えないといけないのである。

通常、「ボタンの直径＋ボタンの厚み×二＋一～二ミリの余裕」で開けられている。この両者を教えてこそのボタンつけ技術なのである。

ボタンつけ教材のページに、「ボタンがとれたらどんな不便なことがあるかみんなで話し合ってみよう」と、話し合い課題が載せられている。

そりゃ、ボタンが外れたら大変な事態が発生することは数々思いつく。ズボンがずれるとか、スカートが落ちてくるとか、考えるだに恥ずかしい事態である。

しかしこれを話しあったからと言って、ボタンつけの技術が向上するとは思えない。

むしろ、ボタンつけの技術のためには、ボタンは、どういう状態で外れるか、どこの部分の糸が切れやすいかなど、外れかけたボタンを持ち寄って話し合う方が、ずっと技術育成に繋がると思う。

ぜひ文部科学省家庭科局のみなさんには、内容の精査と改善を要望しておきたい。

と、ここまで書いていると、横から娘が「お母さん、ボタンとれたんやけど……」と。

もうー、自分でやりなさい。

冬陽浴び　針仕事する　母の影

教科書の読みすすめ

教科書の読みすすめ

懐かしいグッズの一つに、教科書がある。児童生徒並びに学生の皆さんから、懐かしいとは何だ、苦労の発生源を軽く見るな、と怒りの大ブーイングを起こしそうな発言を許していただきたい。

しかしこの教科書という代物、どの教科を見ても、とても良くできている。手にとって読んでみてください。

当時は理解できなかった事や、じっくりと鑑賞できなかった作品、知らなかった歴史が、丁寧に解かれているのである。

国語の題材では、漢字の読みや書きとり、段落わけに追われて、深く鑑賞の出来なかった作品世界が現れてくる。

この教科書、良くできた代物であるにもかかわらず、対立や火種の原因ともなる。

最近では、沖縄県八重山地区の中学公民教科書の採択問題があげられる。

二〇一一年に問題が発生してから三年もかかって、今年、ようやく収束した。

今、教科書と格闘している私から補足すると、教科書採択は四年に一度であるから、沖縄県八重山地区の中学公民の教科書は、来年には次の採択作業がある訳で、まさに息つく暇もない、不幸な事態と言うべきである。

一言で言うなら、八重山地区採択協議会、沖縄県教育委員会、文部科学省の三つどもえのバトルに、外部から法律学者、教育学者が参戦しているというもので、教育の主体である生徒や現場の教師は、観衆か場外扱いの気がする。

「特別法（無償措置法）は一般法（地方教育行政の組織及び運営に関する法律、略して地教行法）に優先する」とか、無知だったことが分かって、目からウロコもあるので、興味のある方は、この辺りの経緯を解説したものをぜひ読んでみてください。

教育関係者以外は、教科書採択の道筋を知らない人が多いので、簡単にふれておきます。

まず教科書ができるためには、その大もとになる学習指導要領がある。

これは教育の基本を形作り、教育政策の方向を示す中核となるもので、国すなわち文部科学省が告示する。

だいたい十年に一度告示され、近年では平成二十年に出ている。

学習指導要領は、教育の基本が明示され、教科毎に内容が示されるが、教科書のように、内容が事細かく書かれているものではない。

簡単に例えると、「家の枠組み」とイメージして頂いたらよい。

その枠だけのがらんどうの家を、引き渡された教科書出版社が、さあどのような間取りにするか、和室にするか洋室にするか、窓の位置は、壁の色は、と事細かくデザインしていくのである。

この作業に、大学関係者や教育現場の先生が参加されている。教科書の裏表紙に名前が列挙されている方々である。

そして完成した家を文部科学省に対し、いかがでしょうかと、内覧してもらう。

文部科学省は、内部を綿密に調べてこの位置はおかしい、壁紙の色が想定と違うと、難癖をつけるわけである。

これが世に言う教科書検定で、出版社に差し戻したり、書き換えを求めたりする。

出版社も、ははっお代官様の仰せの通りにいたします、とばかりに再編集して、再度提出し、無事出版にこぎつけたものが、私たちの前に、「検定済教科書」として登場する。

しかし教科書を出版する会社は、何社もあるので、使用する教科書一社を教科毎に選定しなければならない。

選定採択作業は、各地区の教育委員会に委ねられる。

八重山地区のように、石垣市・竹富町・与那国町の三市町が組んで選定する場合もあれば、私の住む市のように一市だけで選定採択する地区もあり、それは地域の実情に応じた範囲設定である。

かつては、都道府県単位で採択した事もある。私の住む市でも十五年ほど前は、近隣の市町と組んで選定作業をしていたが、近年はなるべく地域の教育環境や生活の実態に応じて選んでいこうという流れが加速し、一市での採択となった。

読者の中には、へー、教科書って国が選んでいると思っていたという方や、逆に、学校が独自に選ぶと思っていた、と考えていた方が多いのではないか。結構知らないものである。

選定採択作業は、選定委員会を立ち上げ、教科毎の調査員（各教科を専門とする教員数名）を任命し、その答申された案を、教育委員の会議で決定し、決定した内容を都道府県の教育委員会に通知して、それからようやく児童生徒に無償配布されるという、なかなか大変な作業手順となっている。

その作業が、小学校はこの夏（平成二十六年）に、中学校は来年夏（平成二十七年）にある。

というわけで、教育委員の私のところへ大量の教科書がやってきた。段ボール六箱分はある。毎日、教科書と格闘する。還暦になって、教科書と格闘するとは。

しかし面白いのである。教科書が、こんなに素敵な、知識の宝庫だったとは。

一年生の教科書から、二年生、三年生と段々に進んでいくと、自分の頭が整理されていく。国語の教材に涙する。算数の計算が、「数独」より面白い。歴史世界が広がる。理科は……やっぱり難しいかも。苦手意識が払拭できない。図画工作は楽しい。書写は、字はきれいな方がいいからこういう風に書いたらいいのかと教えられる。

自分が学生の時とは違った世界が見えてくるのである。

昔、私が小学生時代に手にした教科書からは思いもつかないほど、美しい絵や写真、アニメのキャラクターを配したもの、高級な紙素材や立体折り込みが活用され、

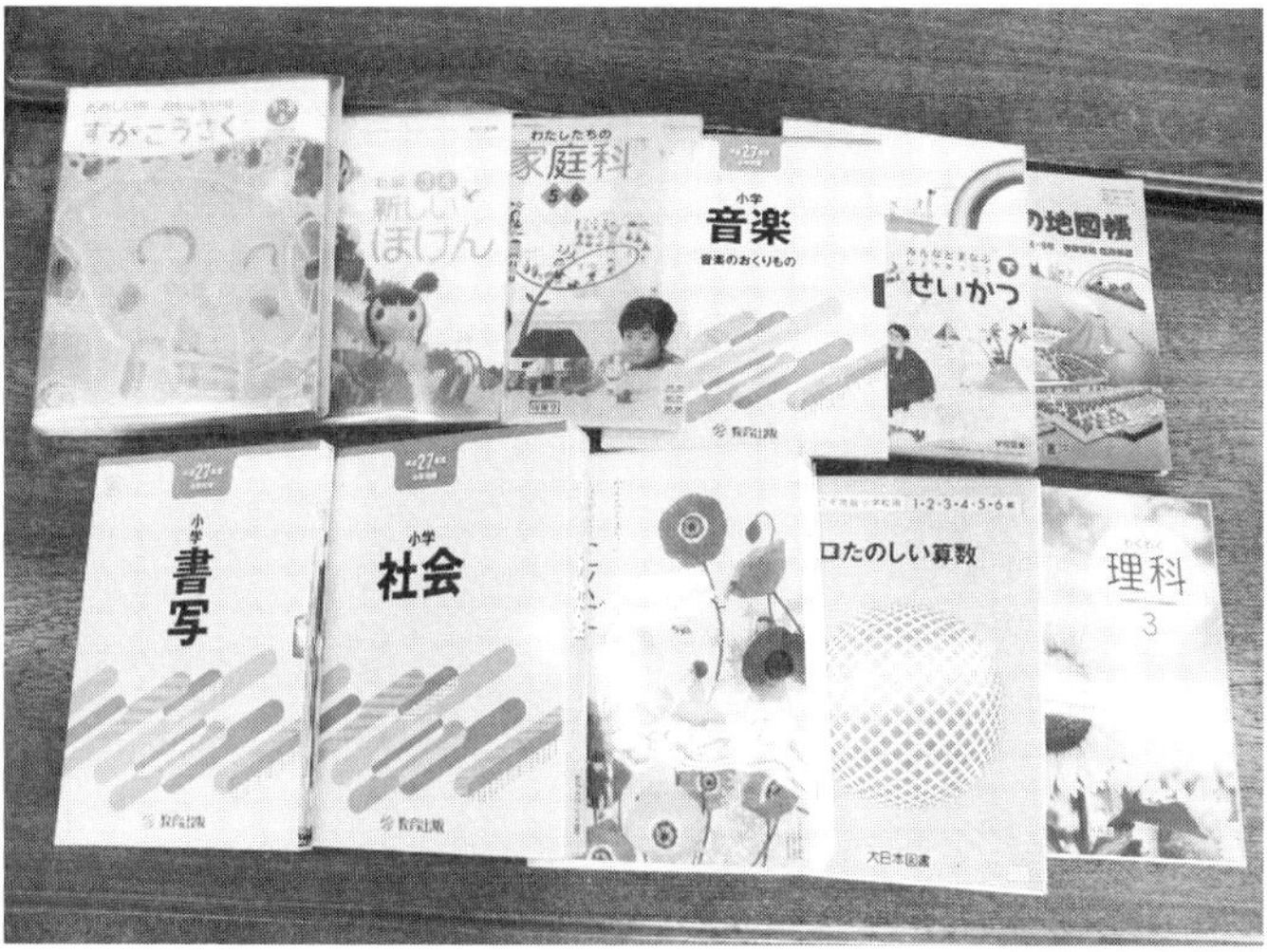

よくできた教科書たち（平成27年度 小学校用）

教科書は確実に進化している。どの出版社のものも創意工夫に溢れている。

正直言うと、どこの教科書を使ってもいいのではないかと思ってしまう。べつに選定作業を嫌がっているわけではなく、本当にどこの出版社のもよくできているのである。

教科書から離れた皆さん、ぜひ手元に取り寄せて、頭の体操も兼ねて、教科書を活用してみてください。声に出して読んでみよう。絵画鑑賞に、男の家事教室に、どんどん教科書を使ってみよう。

あの低価格で、これだけの内容は、ほんとお買い得です。

こんなに楽しくて為になる教科書のために、八重山地区が対立を続けてきたなんて、何だかアホらしく思えてくるのは私だけだろうか。

真っさらの　教科書に降る　桜花

弁当方式の給食を食べてみた

弁当方式の給食を食べてみた

最近、少子化に伴う学校の再編等で閉校となった空き校舎を利用して、街の活性化に繋げようというプロジェクトをしばしば見かける。

有名なところでは、神戸の北野坂近くにある北野工房があげられるが、ご存知の方も多いのではないか。神戸の名産品を一堂に集めて、「神戸ブランドに出会う体験型工房」として、観光バスが来るほど集客力大である。

ここは元は北野小学校で、一九九八年に現在の形になった。トイレなどはかなり改装されているものの、当時の小学校のトイレを彷彿とさせるし、何より階段の蹴上の高さが低く、あー、小学生のサイズだなと、いたく感動してしまう。

教室が、各店舗に仕切られ、リニューアルされているが、随所に懐かしい教室の雰囲気を残している。小学校跡地活用の成功例であろう。

全国各地に跡地活用プロジェクトがあるから、興味のある方は、探してみてほしい。

先日、ニュースを見ていたら、また学校活用例が放映されていた。

これは、教室で、当時と同じメニューの給食を食べるという、ユニークというか、当たり前すぎる「懐かしの給食を食べようプロジェクト」である。

大のおとなが、アルマイト食器に盛られたコッペパンや汁もの、おかずを食べて、懐かしいですねーと嬉しそうな顔で話す様子に、日本って良い国だなと、感慨に浸ってしまう。

昭和の郷愁、青春は全て懐かしさの中にあるって感じですかね。

このように給食は、懐かしいと片付けられたらいいのであるが、ここで述べる本題は違う。今まさに直面している中学校給食の話しである。

新聞紙上でも、大阪市の給食問題が取り上げられているが、あの市はやたらとメディアに取り上げられてしまうので、ちょっと本筋から外れた議論や批判がされたりして、不幸な面がある。

その陰に隠れて、普通の市町村の動きが見えなくなることもある。

私の市でも、平成二十六年四月から、中学校給食を民間委託の弁当方式で、全校全生徒に開始したのである。これに至るまでに、かなり紆余曲折があったものの、とにかく開始にこぎつけた。

学校給食の歴史を紐解いてみると、それは明治二十二年に遡る。

山形県鶴岡町（現鶴岡市）の私立忠愛小学校で、弁当を持参できない児童のために、開祖のお坊さんが、おにぎりと焼き塩鮭と漬物を与えたことに始まる。

まさに「食を給う」の精神である。一つの救貧政策であったのは確かであろう。

そして戦後、アメリカから無償提供された脱脂粉乳によるミルク給食が始まり、現在のような完全給食型になったのは、子どもたちの栄養状況の改善と体力向上に資するためという目標を掲げた昭和二十九年の学校給食法の施行からである。

この年に私は生まれた。学校給食法も平成二十六年、還暦を迎えるのか……。感慨ひとしおである。

学校給食法は、義務教育諸学校での給食の実施を規定している。中学校は義務教育だが、給食は都道府県の自由裁量が多い。

皆さんの都道府県は、弁当持参か給食のいずれでしたか。

中学校給食の全国状況を一覧すると、給食型が圧倒的に多くなっている。

しかし大阪府だけは、給食型が少なく、弁当持参型が大勢を占めている。

一説によると、商家の子どもたちが昼に御飯を食べに帰っていたことの名残りとされているが、真相は定かでない。体格差や運動量の違いが大きくでてくる中学生にとって、持参弁当の方が適切だと考えられたのか、あるいは税金で給食を提供するだけの財政的余裕がなかったのか、そのあたりは微妙なところである。

しかし最近では、弁当を持参しない生徒や、偏った食事内容になっている生徒など、教育現場で問題が表面化してきた。働く親の増加や家庭環境の変化などもある。中学校でも給食を、となったのは、時代の流れなのかもしれない。

こういう次第で、私の市でも議論に議論を重ね、平成二十六年四月から中学校給食を、民間委託の弁当方式で開始した。

開始直前には、弁当給食の試食をした。おかずとご飯が、別々の容器に入れられている。

それを受け取り、ふたを開けた。ミンチカツが主菜でサラダや煮物がある。お米も美味しい。量は、私には多いくらいだった。

これならきっと中学生やその親御さんにも喜ばれると思った。

ところが驚いたことに、量が少ない、冷たい、まずい、と散々の評価である。えー?

5月15日の献立　・ご飯・エビフライ・ゆでアスパラ・小松菜サラダ・豆パスタ・黄桃缶・牛乳（池田市立中学校給食）

みんな仲良く、弁当方式給食を食べる（池田市内の公立中学校にて）

小学校の給食のように、温かいものを提供するのは、予算上難しい。ご飯だけはおかわりができるようにしている。まずいと言われたら、味の好みは人それぞれだから標準的な味付けにしていますと言わざるをえない。

しかし、お弁当って普通、冷たいものではないか。最近でこそ、コンビニで温めますかーって聞かれるから、温めてもらっているけれど。京都の有名どころのお弁当は温かいか、と聞きたい。お弁当の基本は、「冷めても美味しいもの」を提供するということのはずである。

もしそれができていないなら、改善を求めるべきであるが、単に冷たいというだけで不満を述べるのは、いかがなものか。

冷たさが問題なら、何か温かい一品を付加する改善策を提案していく方法もあろう。成長に差のある生徒にとって、量の個人差を問題にするならば、おかわりの方法やおにぎりやパンの持参も含めて改善に取り組むべきであろう。

まだ始まったばかりの弁当型給食を、適正な形に育てていくことは、大切なことである。中学校給食を廃止にしたり、後戻りさせないためにも、みんなの実践と知恵が必要である。給食、食を給わるという「いただきますとごちそうさま」の感謝の気持ちを大切にしつつ、自分たちの食は自分たちで考え提案するという、食を創りだす形へと、変わっていく時が来たと思う。
まぁ、母親的発想としては、お弁当があって、すごく助かります、ですが。

お弁当　何詰めようか　梅雨の晴れ

セコム、してる?

セコム、してる？

また姉の話で恐縮だが、姉の家はセコムと契約している。たまに掃除を頼まれたり、荷物の受け取りを任されたりするので、姉の家に行くのであるが、私がいつになっても慣れないものがこのセコムである。いえいえ、セコムに恨みがある訳ではない。

何が慣れないのかと言うと、解除と設定に要する時間なのである。セコム解除の位置が、玄関先ならまだいいものを、なぜか奥のリビングにあり、解除キーが秘密の場所に入れてある。

秘密と言うほどではないが、私にはそう思えてしまう。家のカギを開けてから、解除するまでの時間は一分間。その間に解除キーを差し込まないと、セコムに不審者侵入とばかりに通報が行き係員が駆けつけるからね、と言われると、その一分間がやたら短く感じられる。

そこで姉の住居に入る前には、必ず解除キーの場所、入ってからの動作確認をして、靴を半分脱いでおいてから、玄関キーを開けることにしている。「右よーし、左よーし、いざ開錠」の状態である。

玄関キーを開けると、とたんにリビングの方から「解除操作をしてください、ピンポーン、解除操作をしてください、ピンポーン」とせきたてる。「わかっとるわーい」と、言いながら靴を脱いで玄関に転がり込み、解除キーを秘密の場所から出して、急いで差し込むと、優しげな声で「おかえりなさい」と言ってくれる。「はいはい、帰って参りました。ご苦労さん」とようやく一息つく次第である。

これが冬場で、ブーツでも履いていようものなら大変である。

ある時、気持ちが急いていたために、片方のブーツのチャックが途中で止まってしまった。セコムの解除を促す声は、一段と早くなってきたように感じる。早くしなくちゃとばかりに焦る。

もうこれでは間に合わないと思い、片足ブーツのまま、けんけん跳びでリビングに入り、なんとか解除キーを差し込み、セーフ。それからはブーツのチャックは、まず玄関を開ける前におろしておくことにした。その様子は不審者そのものに見えると思うが。

頼まれ仕事を終えて、姉の家を出る際には、今度はセコムの設定をしないといけない。これをしてから、玄関キーをかけるまでは三分間の猶予があるから、ゆっくりだよと言われた。確かに三分は十分な長さである。

インスタントラーメンのコマーシャルに「三分間待つのだぞ」というのがあったはず。三分間が待てずに、つい開けてしまうのを戒めたコマーシャルである。三分は長い、はずである。と思っていたがそうでもない。この冬、またブーツを履いて姉の家へ。ブーツだからと、以前の学習効果よろしく、ちゃんと玄関前でチャックをおろし入室。

帰る段になって設定キーを入れると、「いってらっしゃい、留守はセコムにお任せください」との心強いお言葉を頂き、「留守は頼んだぞ」という殿様のような心境になる。

三分間の猶予ありとばかりに、悠々と玄関に行き、ブーツを履こうと足を入れたら、なぜか、中の皮敷きが裏返っていて、なかなか履くことができない。ありゃーと焦るが、焦れば焦るほど、中敷きが変な方向に入ってしまい、足が入らない。タイムリミットが迫っている。

これはいかんと、ブーツを手に持ち、素足のまま、急いで玄関を出て、鍵を閉めた。

この様子は、完全に怪しい不審者である。

この話を知り合いにしたら、「設定時間の変更ができるはずだ」と言われた。これから歳をとって、片足けんけん跳びもできなくなるだろうし、鍵閉めに、もたつくこともあるだろう。設定時間の変更を、姉に真剣にお願いしようと考えている私である。

おーい、老い

おーい、老い

今年、私は還暦を迎える。それを記念して、このエッセイの出版を思いついた。もう六十歳、いやいや、まだ六十歳と言うべきか。驚いた。自分が六十歳になるなんて。

昔、新聞記事で六十歳と書いてあると、老人やね、なんて思ったのに、その領域に自分が入り込むとは。それなりに体のあちこちに不具合は生じている。老眼は進むし、手の巧緻性は後退しているし、否応なく歳だなと感じるところは増えている。

私が最初に老いを感じたのは、眼であった。

ある朝、新聞を読もうとしたら、文字がちょうど印刷がずれたような感じに見えた。思わず家族に向かって、「今日の新聞、印刷がずれている。天下の○○新聞が、気がつかなかったのかな」と言ったら、不審げな家族の目。「ちゃんと印刷されているよ」との返事。

しばらく眺めてもやっぱりずれてぼやけて見える。えっ、あれー、これが老眼なのと、初めて気がつき、そうかこんな風に見えるのかと、老眼初体験にいたく感動したり納得したりした。

そのうちに首の後ろに腕を回してネックレスの留め金をかける、という動作がしにくくなったり、わずかな段差につまづいたりと、若い時には不便を感じなかったことや簡単にできた事が、できなかったり、やたらと時間がかかったりして、イライラすることが増えたのは確かである。

ある時は、ネックレスの留め金がかからず、諦めて別の物にすればいいのに、絶対にかけてやると意地になってしまい、爪は割れるわ、予定のバスに乗り遅れるわという腹立たしいこともあった。意固地になるあたりも老いの兆候なのかと、割れた爪を見ながらうなだれた。

先日も、とてもファッショナブルなワンピースを見つけ、試着してみたら、背中のファスナーがどうしても上まであげられない。

「お客様、いかがですか」と聞く店員さんの悪魔の声。

汗だくになりながら、「ちょっとファスナーが上げにくいんですけどー」と、恥をしのんで答えると、「お手伝いいたしましょうか」との優しいお声。

それではと手伝って頂き試着すると、ふんふん、なかなかいいじゃない。「とっても良くお似合いですよ」とヨイショまでしてくれる。「それじゃー頂こうかしら」と答えそうになったが、よく考えたら、家で自分一人では着られない可能性が大である。店員さん付きで購入する訳にはいかない。丁寧にご辞退申し上げ、これからの洋服選びには、「一人で着られるもの」という一行が頭にインプットされた。

そう思って見回すと、洋服にしてもアクセサリーにしても、老いに優しくない商品がいかに多いことか。消費のターゲットを三十歳前後の独身貴族に絞っ

ているためだろう。

でもお金を持っているのは中高年だよ！　もっと老いに優しく、綺麗な老いを演出するファッション市場を期待したい。三十歳前後の方々と同じファッションをしたら、絶対、負ける。イタイかっこうになってしまう。背中にいらぬ肉がつき、洋梨体型となり、二の腕は振袖状態。体型は間違いなく変化している。

それでもオシャレしようという気持ちを持ち続けることは、とても大切なことである。別にアベノミクスにのって消費を鼓舞する訳ではないけれど、○○したいという気持ちを持つことは、人生を楽しくするうえで大事な姿勢と思う。

老いと共に、重力に負けて下降する体型になってきたなら、支えがあったらいいやんとばかり、補正下着を買ってみる。私は支えられて生きていくのは基本的には性に合わないけれど、こと下着に関しては許す。

アンチエイジングという言葉に、やたら眼がいく最近の私である。ふん、何か悪い？

遺影を撮ろう

遺影を撮ろう

還暦を迎えたせいもあるが、最近、「断捨離《だんしゃり》のすすめ」とか「エンディングノートを書こう」とか、「自分らしい遺影を撮ろう」とか「自分流の葬儀を考えよう」とか「就活」ならぬ「終活」の話題が多くなったような気がする（そちらに目が向くためか）。

今までは、何となく言いにくかったことや、他人任せにしていたことが、ふと気付いてみると、他人任せではつまらんなと考える人が増えてきたのだろう。

自分らしい最後を自分で演出するという、これもまた自己表現の一つに違いない。

新聞紙上でも、「私の遺影」という記事と写真が連載されていた。先撮りした自分遺影に対するそれぞれの方の思いを読むと、確かにこれは今のうちに撮っておかないと、という気分になる。

ただあまり早くに撮って、そのあと二十年も三十年も生きて、先撮り遺影と近影がかけ離れてしまったら、これはどうなるんだと心配にもなるが、他人の顔を掲げているわけではないし、若かりし頃を思い出していただくのも一興か。

そろそろ用意するかと真面目に考えている。

三年前に父が亡くなった時、老衰なのに思いがけず急だったので、遺影用の写真を見つけ出すのが大変だった。

できるだけ父らしい顔、笑い顔はないかと、実家の机の中を探してみるが、どこに写真があるのかさえわからない。

時間ばかりが過ぎていき、仕方なく、私の結婚式の時に写した集合写真を葬儀社に提出した。

もう三十年近く前の顔で、若い。若すぎるような……。用意しておいたら良かったなと思ったが、後の祭りである。

しかし娘として、親に向かって、遺影用の写真を用意しておいてください、とは言いにくいものである。やはり自ら用意しておかないといけない。

しかしこの若すぎる父の遺影が、思いがけない情報をもたらした。四十九日の法要の際に、親戚一同が、郷里の鳥取県に集まったのであるが、父の遺影を見て、「さすがに次郎さん（父の名前）、男前ですな。映画会社がスカウトに来たはずですわ」

と言うのである。

おいおい、初めて聞いた話だよ。父が若かりし頃に、映画会社がスカウトに来たなんて。確かに父は、鶴田浩二と佐田啓二（中井貴一のお父さん）を足して二で割ったような顔をしていた。

そういうことがあったのかと、つくづくと遺影を眺めたものである。それでひとしきり座が盛り上がったので、若すぎる遺影も良いかもしれない。

私も撮っておかないといけないなと考えているが、まだである。

夢としては、四十年来の宝塚ファンなので、宝塚歌劇場内にある、タカラジェンヌの衣装を着て舞台化粧もして写真を撮れるステージスタジオで、遺影を撮影するのはどうだろう。

「ベルばら」のマリーアントワネットもいいし、男装の麗人オスカルもいいかも。いや、オスカルでは体型がもろ出てしまうからパスだな、そうだ、「エリザベート」のエリザベート公妃もいいな、とかいろいろ考えてしまう。

娘たちに話したら、「お母さん、葬儀に来た人が爆笑するから、そういう恥ずかしいことだけはしないで!」だった。葬儀で笑いが溢れるのが、一番、私らしいと思うんですけど……。やっぱりダメですか。

胸躍る　夢みつづけて　巴里祭

おーい、老い　その二

おーい、老い　その二

「終活」の一つとして、どこで最後を迎えるかというのが、ひと昔前から変わらぬテーマとなっている。

高齢者に関する介護・生活アンケートをみると、一九七〇年代以前は、七割以上の高齢者が、家族に看取られて自宅で、と回答している。

戦後、政府は、西欧型福祉国家モデルを目標としていた。

しかし一九七〇年代中～後期になると、そのモデルを廃して、日本の「古来からの醇風美俗」を基盤とした独自の福祉観を提唱し始めた。国民の意識調査の結果から導き出したものであるという。

日本の高い三世代同居率を「日本の良さであり強み」とし、家族を「福祉の含み資産」と位置づけた。

これは「社会福祉の公的責任範囲の圧縮」を意図しており、簡単に言うと、政府が社会福祉にはあまりお金を回したくない、政府の代わりに家族内部でやりくりしてください、というものであった。

故大平正芳首相が、一九七〇年代後半に『日本型福祉社会』という名の福祉政策を提唱したのがその最たるものである。政府はお金がないし、高齢者が望んでいるのだから、高齢者福祉は家族でやってよ、という家族お任せ型福祉である。

この頃、日本は国連が定義するところの高齢化社会（六十五歳以上人口が総人口の七パーセントを超える社会）に入った。

もちろん長寿は、栄養状態の改善や保健・医療の向上による成果であり、世界に誇れるものである。

しかし女性の社会進出が進み始めていた頃でもあったので、家族を受け皿とする女性の家庭内囲い込み福祉政策は、「安上がり福祉」「国家責任の曖昧化」「家族主義的イデオロギーの強化」であるとして、女性学会や家族関係学会では大ブーイングの的となった。

一方、その政策を煙に巻くためか、老人医療費の無料化や公営交通の老人優待制度、長寿祝い金制度など、自治体は、国の指導を受けてさまざまな高齢者施策を作り上げた。

老人医療費の無料化で、病院の待合室は老人サロンと化し、たまに顔を出さないお年寄りがいると、居合わせたお年寄りが「○○さん、病気なのかしら」と心配し合うという様子が、笑いネタに使われたほどである。

「元気なお年寄りは病院には行かないで、キャンペーン」があったとかなかったとか。優秀な頭脳を持つはずの官僚達が、日本の高齢化の速さと将来像を見誤ったとしかいいようがない事態である。

そしてその後の高齢化のスピードは、ご存じの通り、一九九五年に高齢率一四パーセントとなり、たった二十五年で倍になる高齢社会に突入し、今や超高齢社会と言われる二五パーセントを超えた。

福祉大国と言われるヨーロッパの国々が、およそ百年近くもかかって高齢社会になったことを考えると、日本のスピードは異例ともいうべきものである。コインの裏側にある少子化が、高齢化のスピードに拍車をかけているのは事実であるが、この両者のスピードの速さは何ゆえであろうか。

このままいくと日本は高齢者大国となり、ついで人口が半減する日も近い。老い縮小する日本から、死に絶える日本となるかも。

現代日本は、少子高齢社会の実験劇場として、世界から注目されている。何がここまで日本の家族を変えたのだろうか。僅か五十年ほどの間に、日本の家族意識と環境に何が起こったのだろうか。正直、わからない。

改善すべき策はあるのか。

先ごろお亡くなりになった作家の渡辺淳一先生は、一夫多妻の制度を復活容認すべきであると提唱され、一部の社会学者からはアメリカのような精子バンクを容認し制度化するのはどうかという提案がある。

一度ちゃんと議論しないと、この国は、地球上の小島になってしまうという危機感を持つことが必要である。

有能なはずの若き日本の官僚達よ、今こそ、これからの日本を考え、創る好機ではないか。新しい制度を作る時は来たれり。出でよ、平成の龍馬たち、である。

国境の　無い地図もあり　鰯雲

最後の晩餐

最後の晩餐

人生の最後をどこで過ごすかというのは、かなり大きな課題である。特に重篤な病にかかっていたら、周囲への配慮も考えて、在宅でというのは難しい選択である。

最近、ガンの場合には、終末期医療としてのホスピスの存在がクローズアップされている。痛みを緩和しながら、趣味を楽しみ、まるで自宅にいるかのように暮らす様子は、人生の終焉を迎える場として、とても望ましいように思われる。

そこでの様子がテレビ放映された中で、最後の晩餐が取り上げられていた。ガン患者さん達に、何が食べたいかを聞いて、できるだけその希望に沿うような食事を提供するというものであった。

その食事に患者さん達のどのような思いが込められているのかを視聴すると、食べるという事が人生といかに深く結びついているかという事をあらためて痛感する。

まさに食は人生、食は生きる力なり、である。

さて皆さんは最後の晩餐に、何をオーダーされるだろうか。

私がしばしば立ち寄る地元の某高級ブティックで、いろんな知り合いに尋ねてみた。

ある方は、「特大フカヒレ姿煮」。その理由は、普段は小さなフカヒレしか食べられないから、最後の晩餐では特大のを食べたい、だそうである。

私は普段、小さなフカヒレも食べていないのに、えらいセレブなご発言で、とすかさず言い返した。

ブティックのオーナー店主は、かなり迷いに迷い、「まぁ叶わぬことやけど、亡くなった〇〇さんの中華かな」としんみり。

そういえば、あそこの酢豚と春巻きは絶品やったなと、私も賛同する。「まぁそれは無理やから、お父ちゃんの料理かな」だって。

ここのお父ちゃんと呼ばれているご主人は、まめで料理がお上手。「ほんとご馳走さん、お父ちゃん、長生きしてあげてよ」と、おばさん方からの声援を受け、お父ちゃん、大いに照れた。

おとなしくて可愛いNちゃんが、ほとんど瞬時に「うなぎ」と回答したのには、正直驚いた。ほんと可愛くて、ほとんど自己主張しない人という印象を持っていたので、そのNちゃんが、瞬時に回答するとは。

だいたいの方が、「うーん、何かな、あまり思いつかないけど、そんなに高級料理じゃなくて、普段食べている物かな」みたいな返答が多いのに。瞬時に、うなぎ！とは。Nちゃん、きっと、うなぎに、人生を重ねるような何かがあるのだろう。

その回答を聞きながら、居合わせたおばさんたちは、「確かにうなぎもいいな、でも私は、うなぎより、下にあるタレがまぶったご飯だけでもいいわ」だの、「鰻屋の前で、立ち上る美味しい煙で、ご飯二膳食べられるとかいう落語もあったよね」とか、「かたいうなぎだったら、みりんとお酒を振りかけてチンしたら柔らかくなるらしいよ」とか、話がどんどん逸れていく。

最後の晩餐というより、今夜の晩ご飯になりつつあった。

ちなみにキリストの最後の晩餐（ダヴィンチの絵画による）では、どの様なものが供されたのだろうか。赤ワインとパンというのは聞いたことがあるが、それだけだったのか。

最後の晩餐

調べてみたら、現代においても、皿に供されている食材は、ダヴィンチ研究の解析途中であるらしい。

かなり受容されつつある論として、「グリルうなぎのオレンジスライス添え」とされている。

この時代の一般的な食材としては、子羊の肉であるはずが、敢えて魚、それもうなぎが供されている事に、ダヴィンチの何らかのメッセージがあるとの解釈で、その読み解きが今後の課題らしい。ダヴィンチは、絵画の中に、すごいメッセージを残しているようだ。

ところでこの文章を書いている時に、ニホンウナギが、絶滅危惧種に指定されたというニュースが流れた。

Nちゃんをはじめ、最後の晩餐に、うなぎを所望する日本人はかなりいると思うので、何とか絶滅しないことを祈る。日本のうなぎ好きに、キリスト様も加えて、神と仏のご加護を。

何食べる　迷いに迷う　半夏生《はんげしょう》

生涯一度のゴルフラウンド

生涯一度のゴルフラウンド

私のゴルフ話にしばしお付き合いください。

私がゴルフを始めたのは、二〇〇〇年七月、年齢的に言うと、四十五歳という、かなり遅い開始であった。

ゴルフを始めたきっかけは、「男もすなるゴルフというものを、女の私も始めてみんとて」という感じで。というか仕事場での会議が終わると、男性の方々がゴルフ談議で盛り上がるので、私も話についていかないと、という負けん気みたいなものがむらむらと。

ゴルフの始め方に男女差があるのかどうか正確にはわからないが、私の周りを見ると、男性の場合は特段スクールに通う事もなく、ゴルフ練習場に行き、誘われてラウンドするというパターンが多いようである。いわゆる我流ゴルフ。

一方、女性は、スクールに通ってから、ゴルフ場デビューにこぎつけるという人が多いようである。どちらがいいとか悪いとかの問題ではないが、スクールに通った女性の方が、ゴルフスイングは美しいような気がする。まぁ、形はきれいでも、飛んでなんぼ、あがってなんぼと言われたらそれまでである。

私の場合も、やはり女性の一般的パターンを取り、スクールから開始した。必ず週一で通い、遅れない、休まない、真面目に打つ、ということを自分に課した。

最初は、とにかく当たらない。止まっている球が、クラブに触れないのである、何でやねん。当たっても、チョロという感じで。こんなはずではないと、一回目のスクールが終わった時には、本当にめげた。

私の様子を憐れんだのか、先生が、辞めずにおいでねと声をかけてくださったが、多分すぐにでも辞めそうな雰囲気だったんだろう。

家でもめげていたら、「最初からうまくいくことはないって、いつもお母さん、言っているやんか」と、娘たちにまで慰められた。

それから七年近くもスクールに通ったが、なかなか上達せずに今に至っている。でもとにかく楽しい。全て自己責任のスポーツというのも気に入った。精神のコントロールも含めて、自分との闘いに尽きる。

同じコースでも、毎回スコアが異なる。いい時もあれば、やめたくなる時もある。

多分これからもずっと挑戦し続けると思う。

そんな私が、初めてゴルフ場デビューしたのは、父とであった。というかゴルフ場デビューの話を父にしたら、ルールも知らないで他人とラウンドをしたら迷惑をかける。一度前もってルールを教えるから一緒に行こうと言われたのである。

父は若いころからゴルフが好きで、自宅の書斎には、たくさんの優勝カップが置かれていた。

当時、私がゴルフに興味がなかったのと、ゴルフは男のスポーツと思っていたこと、さらに母曰く、「お金のかかるスポーツ」という思いがあった。

まさかその私がゴルフをするなんて、それも父と一緒に練習ラウンドをする日が来るとは、思ってもいなかった。その時、父は七十八歳だった。

父がよく行っていたゴルフ場に予約を入れて、私が車を運転して、父と二人でラウンドを開始した。練習場でもまだうまくない時期であったから、ゴルフ場でうまくいくはずがない。空振りはする、球はどこにいくかわからない、とにかく前に進めないのである。八月の中旬で、暑さの真っ盛り。暑さでもーろーとしてくる。

バンカーで思わずクラブを砂につけたら、父が怒った。バンカーの砂にクラブをつけたらいかん、ルールを知れと。暑さでへばって、トロトロ歩いていたら、もたもたするな、遅いプレーは迷惑になる、と、ほんと怒られ続けてたまったものではなかった。

ハーフラウンドが終わった時に、さすがに父も疲れたのであろう。ハーフで終わるかと聞いてきた。私もくたくたであった。

帰りの車の中で、父と私は、ほとんど無言であった。しばらくすると父が一言、「スクールでしっかり練習してからゴルフ場デビューしろ。しばらくはデビューするな」と言った。

他人に迷惑をかけることを極力嫌った父らしい一言であった。

それからは前にも増して練習に取り組んだ。父を見返したいという気持ちもあったと思う。それからしばらくして母が倒れ長い闘病生活に入り、父は独り老いて、亡くなった。

後にも先にも、たった一度の父とのゴルフラウンドであったが、あの日が間違いなく私のゴルフ場デビューの日であり、ゴルフ精神の礎になった日である。

今なら、少しは互角に戦えるのではないかと思う。それよりも、やめないでよく頑張ったなと、父は褒めてくれるだろうか。

父逝く日　秋茄子の花　咲きにけり

おばさん、川奈でゴルフをする

おばさん、川奈でゴルフをする

ゴルフを始めた当時は、自宅から近いゴルフ場に日帰りで出かけ、へとへとになって帰るということが続いたが、十年近く続けた頃には、一〇〇切りもでき、あと少しで九〇切りもできるかというスコアまで達した。

五年でハンディがシングルになるとか、五年以内でプロになるとかいう方からしたら噴飯ものであるが、遅い年齢で始めた私としてはよく頑張ったと思う。

少し上達すると、人間、欲が出てくるもので、あのゴルフ場に行ってプレーしてみたいなどという、傲慢な気持ちになりだした。

その野望の標的になったのが、川奈ホテルゴルフクラブである。そのホテルに宿泊しないとプレーできないなんて、今時、珍しいセレブなクラブである。

このコースは、第二次世界大戦中に造成されたが、東條英機に中止させられそうになって、近所から牛を借りてきて牧場に見えるように偽装したというエピソードまである。

まさに日本の名門中の名門で、海に面した東洋一の難コースとも言われている。「フジサンケイレディースクラシック」が開催されることでも有名なコースである。

海風をまともに受けて、十六、十七、十八番ホールは、その難易度から「神に祈る」をもじって「アーメンコーナー」などと称されている。

ゴルフ好きの方ならご存知の、ゴルフ解説者 戸張捷さんの「各選手、アーメンコーナーの魔手に絡めとられましたね」という解説まで聞こえてきそうである。

この川奈に一度は行ってみたい、一度は挑戦してみたいという、ゴーマンな気持ちにとらわれてしまったのである。

確かその頃に、川奈で各国の首相クラスを招いてのサミットが開かれた記憶がある。休日に、ゴルフを楽しむ首相の姿も放映された。

ますますセレブな感じがする。行きたい、ぜひ行きたいとの思いが高まるばかりであった。

ところで、ゴルフというスポーツ。スポーツであるにも関わらず、なぜかマイナスイメージを付与されているように感じるのは、私だけだろうか？

首相クラスの方々がゴルフをしていると、「○○首相は、その時、ゴルフに興じていたとか、「この難題山積する中で、ゴルフクラブを振り回し」とか、かなり悪のイメージで語られることが多いように感じる。

これがもしジョギングとかマラソンなら、「○○首相は、忙しい公務の合間を縫って、黙々と走っている」と表現されると思うのだが。

ゴルフ場が都心から離れているので何かあった時に帰るのが遅れるとか、バブルの頃には、一億円コースがあったり、ギャンブル的な使われ方をしたことなどが、尾を引いているのだろう。

しかし最近は若手の女子プロや、男子プロの石川遼君や松山英樹君が登場したおかげで、印象が爽やかになっていると思う。いいことである。

わが配偶者は未だに、「止まっているボールを打つなんて簡単でしょう」とか、「毎週同じコースに行って飽きませんか」とか皮肉る。「一回やってみろ」と、心の中で言うことにする。ゴルフをしていない人間からしたら、なんでそんなに真剣になるのか、理解不能なスポーツのようである。

というわけで、私の、「死ぬまでに一度は川奈でプレーしたい」という夢は、夢のままになると思っていた。

ところがゴルフ仲間のおじさま方から、「夏の避暑を兼ねて、川奈でゴルフはいかがですか」という、夢のような話が舞い込んできたのである。行きます、行きます、と言ったものの、本当に行っていいのか、家族にお伺いを立ててみた。

行きたかったのだから良かったやん、と、いとも簡単にオッケーがでて、ちょっと拍子抜けするほどであった。

伊豆半島に位置する川奈ホテルゴルフクラブは、解説通りの、風光明媚な海沿いのゴルフ場であった。ホテルの部屋からは八月の、少し湿り気を帯びた風と光を感じることができる。ヘリポートもあり、東京方面からは、自家用ヘリで来場するセレブなゴルファーもいるらしい。さすが天下の川奈。

川奈ホテルゴルフクラブは、大島コースと富士コースがあり、プロ選手権が行われるのは富士コースの方である。

私たちは二泊三日で、両コースを一日ずつラウンドするという日程を組んでいた。

一日目の大島コースは、川奈ホテルに宿泊していなくてもラウンドができるという、比較的お手軽なコースのようで、ゴルフカートをフェアウェイに乗り入れることができる。

この方式は、ゴルファーの高齢化が進む近年、日本でもかなり普及している。球を打ったらカートに乗って、打った球のところまで移動して、また打つという方式だから、ほとんど自分の足で歩くことはない。うーん、スポーツって言いにくいような。

この方式でいくと、十八ホールの球を打っている時間合計はたった十分間に過ぎないと書いたものを読んだ記憶があるが、本当かな、何となく本当のような気もする。ゴルフは歩いてこそのスポーツと言う人もいる。

ともかく大島コースは、カートに乗って、楽々プレー。スコアもまずまず。ワンラウンドが終了しても、八月の午後は長く明るく、夕食にはまだまだ時間がある。

それならもうハーフしようということになり、結局ワンハーフラウンドした。川奈、恐れるに足りず。満ち足りた気分になりながら、夕食には、伊豆半島下田で獲れるキンメダイやイカをたらふく食べたのであった。

翌日も真夏の快晴、朝から暑い。昨夜のお酒が、まだ残っているような気だるさ。でもカートもあるし、大丈夫。とばかりコースに行くと……、カートが無い？

川奈ホテルゴルフクラブのラウンド前、この後、悲劇が……

……。ゴルフバッグは、ちいさな手押し車のようなものに乗せられ、傍にキャディさんが、ニコニコ。「本日はどうぞよろしくお願いしまーす」って。あのー、カートは？「ここは、歩きですよ」ニコニコ。ひ、ひぇーっ、この暑さの中、歩きとは……、し、知らなかった。

ここまで書くと、昔からゴルフをされている方からは、お叱りを受けると思う。ゴルフは歩くスポーツだ、カートなんて無かったぞ、と。確かに二十年くらい前までは、ゴルフ場はほとんど歩いて回っていたようである。

私が十五年前に始めた時も、一ヵ所だけ、カートの無いゴルフ場に行ったことがある。下手な上に歩いて、くたくたになった記憶があるが、そこもその後三年ほどしてカートが導入された。

今ではメンバーとなり、ほぼ毎週のようにラウンドしている。カートが導入されていないゴルフ場は、今や日本では数少なくなっているのではないだろうか。

その一つが、なんと川奈の富士コースだったとは。知らなかった、下調べが手薄だった、と大いにめげる。歩きとわかっていたら、体力温存しておいたのに、昨日ワンハーフラウンドもしてしまった、昨夜飲みすぎた、と、もう後の祭りである。

その日のゴルフラウンドは、推して知るべし。もう悲惨を極めた。ヨロヨロフラフラ、左方向に海を見ながら球を打つ風光明媚なホールでは、何球も海に吸い込まれ、持ち球がなくなるという状況。カートに取りに戻る気力もなく、とにかく前に進まなければ。

最終三ホール、俗に言うアーメンコーナーは、まるで砂漠をさまよう子羊。どっちに打てばいいのやら、意識が遠のきそう。

なんとか十八番に辿り着いた時には、よくぞ生きてここまで、という心境であった。

「死ぬまでに一度は川奈に行きたい」が、あやうく「川奈で死にそうになった」という、お粗末な川奈ホテルゴルフ体験であった。リベンジに行きたいか、と問われれば、答えに窮する私であるが、季節を選んで、やっぱりまた行きたいかも。でも夏だけはパス！

海風に　白き球消え　空は青

おばさん、韓国ソウルでゴルフをする

おばさん、韓国ソウルでゴルフをする

海外でゴルフ三昧を楽しみたい方は、ハワイやグアムに行かれるらしい。

海外でゴルフをするというのも、私の次なる野望かなーと考えていたら、またまた川奈を声かけしてくれたおじさま組から、韓国でのゴルフのお誘いがあった。

韓国でのゴルフといえば、通常は済州島あたりらしいが、今回は、ソウル市内の観光と買物ツアーをメインとしてその中にゴルフを入れるという企画で、ゴルフは一回だけ、とにかく行ってみようというものであった。

まさに海外初ゴルフ体験である。観光、買物、ゴルフなんて、毛利家三本の矢、はたまた、藤田祥子三種の神器である（意味不明ですいません）。

海外でのゴルフはとにかく初体験なので、まずゴルフバッグを持参するか否か迷った。

旅行社に問い合わせてみると、現地でもレンタルできるが、持参もできる、海外とはいっても近場なので、荷物が少ないようなら持参されたらいかがとの返事だっ

た。飛行機に預けてしまえばいいわけだし、飛行場からは、車での移動と聞いていたので、持参することにした。おじさま組二人は、現地でレンタルするらしい。

韓国到着の翌日、ゴルフ場はソウル市内から八十分近く車に乗って、かなり南下した。えらく遠く感じる。東京に住んでいる人は、ゴルフ場に行くのに、やはり九十分くらいかかると聞いていたので、ソウルでも同じようである。

東京もソウルも、土地面積の狭い中に一千万人以上の人間が住む巨大都市で、ゴルフ場に使えるところはないという事情のようである。

私のように、大阪の北摂地域に住んでいると、兵庫県の方面にあるゴルフ場にも六十分以内で行けるし、地元には二十分圏内に四〜五ヶ所のゴルフ場がある。恵まれたゴルフ環境に感謝しなくてはいけない。

ようやく到着したソウルのゴルフ場は、綺麗なレイアウトで、こじんまりとしたコースである。聞くところによると、接待ゴルフによく使われるコースらしく、社長さんや経営者の来訪が多いらしい。セレブな雰囲気が漂っている。

キャディさんがやってきた。きゃー、韓流スターみたいなイケメン男子である。

このコースに専属のキャディさんではなく、キャディを職業にして、呼ばれたらどこのクラブにでも出かけるというパターンらしい。

そのためキャディさんに支払う料金は、プレー費には含まれず、直接キャディさんと交渉することになる。日本から、おばさん二人がくるから、イケメンをという、旅行社の配慮に違いないと、おばさん二人は、やたらテンションが上がる。

おじさん組はというと、レンタルしたクラブが、あまりにも古いタイプのもので、自分たちが日本で使っているクラブとは全然違うと、すねている。ほーら、みろ、みろと、おばさん二人は顔を見合わせ、にんまり。クラブを持参してよかったわー。

ところでこちらのコースで、日本と違うなと感じたのは、グリーンでのことであった。ボールが入るカップ周りに、ちょうどパターのワングリップ分の円が描かれているのである。

ゴルフをする方ならお分かりかと思うが、グリーン上では、プレーの進行を早くするために、カップ周り二十五センチ位（ワングリップ相当）なら、ボールがカップに入らなくても、オッケーが出れば、拾いあげることができる（もちろん試合では、カップインするまで許されない）。

ただこのオッケー距離は、通常はかなりあいまいで、ワングリップ以上でもオッ

ケーの場合もあれば、ちょっとシビアな場合にはオッケーを出さないこともある。このことがたまに、人間関係に軋轢を生むこともあり、ゴルフは怖い！

それを生まない方法があったのである。

このソウルのゴルフ場では、カップ周りに、ワングリップ分の円が描かれているので、その円内にボールが入ったら、公明正大にオッケー、オッケー。

この方式、公明正大なだけでなく、カップを狙う時にも絶大な威力を発揮した。あの円内に入れたらいいのだと気持ちが広くなり、かえってよくカップインするのである。

そういう風に考えたらいいんだと、目からウロコ。日本に帰ってからも忘れないでおこう。

コース距離もあまり長くないし、アップダウンも少ないし、マイクラブだし、イケメンキャディだし、お天気も快適だし、もちろんカートにも乗れるし、スコアもまずまずだし、言う事なしの、海外初の韓国ゴルフであった。

一方、レンタルクラブ組のおじさま二人は、古いタイプのゴルフクラブに苦戦し、当たらない、当たってもどこに飛ぶかわからない、という散々のゴルフを展開していた。ホーッ、ホッ、ホッ。

ゴルフは腕か、いえいえ、やっぱり道具でしょう。

韓流の　若き瞳に　虹の立つ

おばさん、セント・アンドリュースでゴルフをする

おばさん、セント・アンドリュースでゴルフをする

川奈、韓国ときたら、もうあそこしかないでしょう。

そう、ゴルファーの憧れ、ゴルフ発祥の地、ゴルフの聖地、セント・アンドリュース。

ということで、またまた話はとんとん拍子に進み、いつものゴルフ組に新規おじさま一名に、我が長女も参入し、男三人、女三人で、憧れのセント・アンドリュースをまわることになった。

もちろんゴルフだけではもったいないので、エディンバラから湖水地方を巡り、ロンドンにでるという企画を組み、ゴルフをしない観光組三人を含む総勢九人のイギリス旅行となった。

ヨーロッパに足を踏み入れるのは、かれこれ二十五年ぶりである。もちろんイギリス本土に行くのは、初めて。まさに冥土の土産になるかも……。

セント・アンドリュースは、イギリス連合王国・スコットランド国のファイフにある北海に面する町で、町の名は、キリスト教の殉教者、聖アンドレにちなんだも

のである。

聖アンドレの聖遺物（骨）が、この地に埋葬されたとして、スコットランドのキリスト教の巡礼地でもある。

このような由緒正しき地に、キリスト教に全く無関係の日本人九人が、足を踏み入れ、ゴルフクラブで、埋葬地周辺を掘り起こしていいのだろうか。「神よ、お許しください、アーメン」とつぶやいてしまう。

ここセント・アンドリュースには、一四一三年に創立されたスコットランド最古の大学であるセント・アンドルーズ大学があり、かのウィリアム王子とキャサリン妃が通われた大学としても有名である。

私たちがエディンバラ空港に到着した日に、キャサリン妃が男児を出産され、翌日の新聞に、その男児の写真と、ジョージと命名された記事が掲載されていた。

セント・アンドリュースゴルフクラブは、正式名をロイヤル・アンド・エンシェント・ゴルフ・クラブ・オブ・セント・アンドリュースという。

五年に一度、全英オープンが開催されるクラブとして有名であるが、それはオールドコースであり、このオールドコースは、何年も前から予約を入れておき、抽選に当たった人しかラウンドできないそうである。

数ヵ月前に突然思い立った日本人六人は、とてもオールドコースをラウンドすることはできないので、その横にあるニューコースをラウンドすることになった。それでもオールドコースの風景は、充分目にすることができる。

こういう事を書くと、ほんとバチ当たりな発言として糾弾されるだろうが、日本の緑豊かで美しいゴルフ場を見てきた人間としては、「何じゃ、この荒れ地は。草ぼうぼうやないか」って感じ。

ここのコンセプトが「自然のままに」ということらしいが、あまりに自然すぎる。これではクラブが傷むに違いない。クラブを持ってこなくてよかった、と安心してしまう。

そう、今回のラウンドには、マイクラブを持参しなかったのである。韓国ゴルフで、マイクラブを持参せずに、散々な目にあったおじさま組が、今回は、旅行社に詳しく問い合わせ、キャロウェイの最新クラブがレンタルされること、途中の乗り換え空港で紛失や破損という事故があってはいけないから、できるだけ持参しない方がいいとの説明を受けたので、女子組も全員、クラブをレンタルすることにしたのである。

カートは、当然ながら、無い。でも川奈と違ってフラットである。十分歩ける。これは間違いないのでご安心あれ。

ただ地面が硬いので、すり減ったマイシューズは避けた方がよい。ゴルフが終わったら、荷物になるからと廃棄処分することを考えて、古いシューズを持ってくるゴルファーがたまにいるらしいが、それは避けるべきである。

とにかく地面がゴルフ場とは思えないくらい硬いのである。自然の大地は、硬い！なるべくクッション性能のよいゴルフシューズを持参することをお勧めする。

さてレディース用のゴルフクラブをレンタルしたのはいいが、どうもクラブが長いように感じる。一五七センチしかない私には、絶対に長い。

これはスコットランド女性仕様に違いない。しまった、体格差を忘れていたと思ったが、後の祭りである。

仕方なく、それを借り出し、ゴルフ場へと向かう。

現地ガイドさんから、キャディ費用は、旅行代金として一括納めたゴルフプレー費には入っていないので、プレー終了後、直接キャディさんに渡してほしい。だい

あこがれのセント・アンドリュース、ニューコースでのラウンド前

アリソンバンカーに苦戦する娘、結局脱出できず……

たい六十〜七十ポンド（日本円に換算したら約一万円程度）でいいと言われた。

キャディさんの溜り場所から、六人の男性が出てくる。ほとんどバイキングを思い起こさせる体格である。

いかつい体に、ゴルフバッグを背負い、一人のゴルファーに一人のキャディさんがつく。バッグは担ぎなので、いくらバイキング風おじさんとはいえ、申し訳ないような気分になる。

私についたキャディさんの名前を聞いてびっくり。女性だったのである。スーザンさん、え、えーっ、女だったんだーというのが偽らぬ感想である。

女性にバッグを担がせて、自分だけゴルフをするなんて申し訳ないとうなだれてしまう。

このキャディのスーザンさん、つたない私の英語で聞くところによると、もともとプロのゴルファーを目指していたが、膝を傷めてプロの道を諦め、地元に戻ってきたそうだ。

今は膝もかなり良くなったので、かつて練習に来ていた、ここセント・アンドリュースゴルフ場のキャディとして働いているとの事。

そうかプロを目指していたんだ。それなら上手なんだろうな。私みたいな下手な人間のバッグを担いでくれて、ほんと申し訳ない。なるべくはお手間をかけないようにしようと思ったのであるが……。

ゴルフの聖地、ゴルファーの憧れ、セント・アンドリュースでのゴルフ体験は、もう推して知るべし。

キャロウェイの最新クラブは、それ自体はすごくいいのだろうが、なにしろ長くてヘッドが重い。振り切れない。私が振り回されている感じがする。短く持っても、硬くて重くて、球が当たるときにクラブの面が開くのか、右方向に打ち出してしまう。右方向は、草ぼうぼう（ブッシュだらけ）。仕方なく、右に打ち出すことを想定して、相当左を向くことにする。情けないが、仕方ない。

ドライバーを打ち終わると、残り距離をスーザンさんが当然、英語で言ってくれるが、これを日本語に変換するのがまた一苦労。

一番困ったのは、残り距離に応じたクラブを差し出してくれるのだが、プロを目指したスーザンさんの力量から考えている。三番アイアンなんて使ったこともない。これはノーですって、必死で言うと、いやこのぐらいの距離が残っていると譲らない。確かに距離的にはこれですが、このクラブは私の力量では使えないと、必死で英訳するが、伝わらない。仕方なく三番アイアンを使うと、ほら見たことか、ダフってチョロチョロと六十ヤードくらい転がる。

そしてなぜか私が、ソーリー、ソーリーと謝るはめに。ソーリー女である。

これを三回くらい繰り返して、ようやくスーザンさんは私の力量に気がつき、私の言うクラブをさし出してくれるようになった。スーザンさん、「この日本人、自分の力量も知らずに、セント・アンドリュースに乗り込むとはけしからん」と思ったのではないか。冥土の土産ですから許してください、と聖アンドレにも深く頭をさげ、セント・アンドリュースの一日は暮れていった。

私が、セント・アンドリュースをどれぐらいのスコアでまわったのか、興味がある方にお教えすると、スループレーであったから、およそワンラウンド四時間、スコアは、一〇〇と日本とあまり変わらない。いい当たりがないはずなのに、なぜこの程度のスコアでまわれたのか不思議に思われる方が多いと思う。

それは、球はきれいには飛ばないけれど、硬い大地を転がるのである。ブッシュに入れないことと、深いバンカーを避ければ、転がって行く。当たりが悪いほど転がるという皮肉。そう、ゴルフの王道は、転がしだということを（本当か）、実感したセント・アンドリュースでのゴルフ体験であった。

セント・アンドリュースでゴルフをしたという、話のネタにはなったが、私的には日本のゴルフ場が、身の丈に合っている。

聖アンドレが聞いたら怒るだろうが、主よ、許したまえ。さらに、ゴルフは、力量と身の丈に合った道具が大切である。

北海に　向かう大砲《おおづつ》　晩夏光《ばんかこう》

接待ゴルフ、こぼれ話

接待ゴルフ、こぼれ話

接待ゴルフにまつわるお話を書いてみたい。

前にも触れたが私がゴルフを始めたのは二〇〇〇年（平成十二年）であったので、日本社会は、既にバブルが崩壊して十年近く、その後のリーマンショックへと、経済の停滞と社会全体の閉塞感が漂っていた。

しかし考えようによっては、このような時代になったから、フツーの女の私でもゴルフができるようになったとも言える。道具の進化はもちろんであるが、ゴルフ場が生き残りをかけて、女性やリタイア組に対して門戸を開き、レディースデーとかシニア割引とか平日優待などのサービスを提供しだしたからである。バブル時代には考えられないことだろう。

今から三〇年以上前は、プレー費は高く、ゴルフは男性の社交場として、社用族や接待用の娯楽スポーツとして活用されていた面が強い。いいとか悪いとかではなく、そういう使われ方をするのもゴルフの一面であるということである。「接待サッカー」や「接待マラソン」なんて聞いたことがない。

ゴルフは、ハーフ（九ホール）でおよそ二時間ちょっとを要する。ハーフが終了すると、食事をとるがこれにまた一時間、食後、後半ハーフをまわる。ということは、ワンラウンドで、ほぼ六時間程度の時間を四人一緒にまわることになる。ほぼ一日一緒である。一日一緒にいて、ゴルフラウンドの様子をみると、その人の性格がわかるといわれる。短気な人、周りへの気遣いが多い人や反対に少ない人、すぐに切れてしまう人、負けん気の強い人など、性格が出てくる。

ちなみに私は、負けん気が強い、と言われるが、そうかな、そうかも。さらに私自身は気がついていなかったのであるが、私は、一打打ち終わるたびに、反省の言葉を言うらしい。それでついたあだ名が「一球反省」。反省のないところに前進はないと思い、これからも一打入魂かつ一球反省で、頑張ることにする。

こういう性格の出易いスポーツを接待用に使うと、ほんと笑えるような笑えないような話が多数あるらしい。以下、読んだ皆さんは、大いに笑ってください。

ある百貨店の外商さん達が、納品会社の社長さんや大株主の社長さんを接待することになった時の話。

ドライバーショットでOBが出やすいホールの山や林の中に、若手の外商社員さん達が身を隠して、ボールが飛んできたら、すかさずフェアウェイのいい位置に投げ返したそうである。

一緒にラウンドしている外商社員の上司が、「社長、木に当たって、いい位置にでてきたみたいで。さすが。」とか言うのを聞いて、笑いをかみ殺すのに苦労したとか。社長さんが使用するボールの銘柄を前もって確認して、ちゃんとそれを持って行くという涙ぐましい話であった。

またある時は、投げ返すことができない位置にあったので、一緒にラウンドしていた接待係が、すかさずポケットからボールを取り出して、すとんと落とし、「社長、ここにありましたよ」と叫んだとか。

接待されているこの社長さん、失敗するとやたら機嫌が悪くなると、日頃から有名だったそうである。

さらに娘から聞いた話であるが、娘の友人は大学時代からゴルフをしていて、接待要員として駆り出されたらしい。社長さんの前で、恥ずかしいプレーをしてはいけないと、本人は、かなり頑張ったそうである。

翌日、上司から呼び出され、慰労されると思いきや、叱られたらしい。「君ぃ、社長さんより、いいスコアで回ってどうするんだ。スコアが勝ちそうになったら、適当にグリーン上でパターを外すくらいの芸を覚えろ」だって。接待ゴルフって、大変なんですね。

しかし以下に書く話は、笑えるものではない。ある銀行が出資運営するゴルフ場に行った時のことである。ゴルフが終わり、フロントで、代金の精算をしていた時であった。

隣で大声で、まさに罵倒するという感じで、怒っている人がいる。その横で、ひたすら謝る人達。何事かとそれとなく（本当は耳ダンボで）聞いていると、どうやらカード会社の社長さんを接待していたようである。

その社長さんの前で、接待側の人間が、何気なく別会社のカードで精算をしようとしたようだ。「私の目の前で、別の会社のカードをきるとはどういうことだ。以後、私の前に現れるな」と、ものすごい剣幕だった。

周りにいる人間への気遣いなど全くない。せっかく楽しくゴルフをし終えたのに。もちろんカード会社の社長さんとしては、自分の会社のカードを使ってもらいたいだろう。

でも支払う側の人は、ひょっとしたら残高が少ないから、別のカードで、と思ったのかもしれない。相手の状況を考えずに、周りの人たちもいるなかで、人を罵倒するなんて、そういう人は「紳士のスポーツ」と言われるゴルフをするに値しない、と言いたい。

ゴルフって、技術の上達以上に、人間性を磨くスポーツなのかもしれない。私、これからも心して、精進します。

言い訳に　サクランボを　噛んでみる

あとがき

今から二十数年前、ドイツ滞在記を、この浪速社から出版させていただいた。ドイツ生活の記憶と記念を目的とし、子どもたちとの日々の思い出にもなるようにとの思いであった。

当時、二歳とゼロ歳だった二人の娘たちは、今はもう二十代後半の社会人となっている。彼女達にはドイツ生活の記憶は全くないようである。二歳とゼロ歳では仕方ないことかと思う。ただそれだからこそ、あの本を出版しておいてよかったと思う。

あれから二十年以上が経過し、家族を取り巻く状況は変化した。義父と父は鬼籍に入り、母は、この十年の長い寝たきり生活が続いている。私の恩師や先輩、同期そして後輩の何人かまで、もう会うことのできない人になってしまった。

そして平成二十六年九月、私が還暦を迎えた。二十五歳で大学院を修了してから、今年の三月までの三十五年間の内、ドイツに滞在した前後の二年間を除くと、専任教員というポストに復帰することは叶わなかったが、非常勤教員として、大学に勤め続けることができた。

大学の教員という仕事だけでなく、教育委員などの行政の仕事にもいろいろと関わらせていただく機会に恵まれた。

この経験や想いを、書き留めておきたいという気持ちになった。還暦の今こそ書いておかなくては。まさに、「いつ書くの、今でしょ！」だったのである。

十五年前からはゴルフも始め、十年前からは俳句の会にも参加させていただいている。これらもまたこのエッセイを書く原動力となった。

ＢＳテレビで「吉田類の酒場放浪記」という番組が放映されている。ご覧になっている方も多いと思う。酒場を訪ねて、酒を飲み、料理を楽しむという、見ようによっては普通で平凡すぎるような内容なのであるが、吉田類さんの、本当にお酒が好き、酒場を愛しているという雰囲気が伝わってきて、毎回楽しみに見ている。

最後に必ず、吉田類さんの俳句が詠まれる。句会を主宰されているだけあって、その時の情景をうまく切り取って詠み込まれている。私などは、まだまだその域に達しないが、今回は、エッセイとそれにつながる俳句を作ってみようと思った。これもまた二十数年の私の変化である。どうぞ笑いながら読み進めて頂きたい。

深刻にならずに楽しく笑いとばせるようなものをと考えたため、礼を失する表現もあったのではないかと思う。ご容赦頂けたら幸いである。

家族をはじめとして、今まで関わってくださった皆さまに、心からありがとうと言いたい。とくに、姉には、時々、「変人」として登場してもらい、文章にチェックも入れてもらった。

㈱「アン」の三崎望様には、イラストで困っている私に、「イラスト工房」をご紹介頂いた。文章を補ってあまりある山本あいこ様のイラストに感謝したい。

そして浪速社には二度目の御礼を申し上げる。浪速社の杉田宗詞様、井戸清一様には、一度ならず、こうして二度目の出版のご縁を頂いた。

還暦で、人生ひとめぐり、リセットされるらしいから、おばさんは、これからも前へ前へと歩き続けていこうと思う。

二〇一四年（平成二十六年）九月吉日

藤田　祥子

おばさんは今日《きょう》も行《い》く
―こんなの書いちゃいました―

二〇一四年十月二十八日　初版第一刷発行

著者
藤田祥子

カバー・本文イラスト
イラスト工房　山本あいこ

発行者
井戸清一

発行所
図書出版　浪速社
〒五四〇・〇〇三七
大阪市中央区内平野町二・二・七・五〇二
電　話（〇六）六九四二・五〇三二
ＦＡＸ（〇六）六九四三・一三四六

印刷・製本
モリモト印刷（株）

Printed in Japan　ISBN978-4-88854-482-5